가족 대화법

가족 대화법

다카하시 아이코 지음 | 박현석 옮김

차례

 부부에게도 '듣는 기술', '말하는 기술'이 중요

남편은 불투명한 유리 속에 있는 듯한 느낌 · 9

남편은 말이 없는 것이 아니라 아무 생각도 없는 것? · 13

마음에 불안과 불만이 가득해서 여유가 없다. · 17

집안 일은 오로지 여자의 몫? · 20

이제는 무슨 말을 걸어야 할지 모르겠다 · 23

카운슬링 마인드, 듣는 기술, 말하는 기술이 필요 · 27

One 남편과의 사랑을 되찾아주는 마법의 대화술

부부의 대화는 언제나 일방통행? · 30

일상의 대화를 체크 · 34

대화 테크닉을 연마하려면 · 41

'페이스 투 페이스'가 대화의 기본 | '시간과 장소와 생각'을 공유하자

남편의 스타일에 맞는 대화법을 생각하자 · 48

완벽주의형 남편 | 봉사주의형 남편 | 상승지향형 남편 | 몽상가형 남편 |
분석관찰형 남편 | 불안표출형 남편 | 창의지향형 남편 | 정의지향형 남편
| 마찰회피형 남편

가치관이 다른 부부의 대화술 · 58

사고 스타일을 체크

A타입은 느낌을 중요시 | B타입은 결과를 중요시 | C타입은 창의력을 중요시 | D타입은 시스템을 중요시

스타일이 다른 남편과 함께 하려면? · 69

　　스타일별 대처방법

부부간의 만족도 체크 · 82

불만을 만족으로 바꾸기 위한 힌트 · 90

　　남편에게 고쳤으면 하는 버릇이나 행동이 있다 | 남편이 지방으로 전근해도 따라가고 싶은 생각이 없다 | 시댁에는 일 년에 한 번 정도 찾아간다 | 남편은 살림살이에 대해서 말이 많다 | 남편은 언제나 내 마음을 알아주지 못 한다 | 이혼을 생각해서 직업을 갖는다 | 내가 병에 걸리면 간병을 해줄까? | 남편은 바람을 피운 적이 있거나 혹은 있을지도 모른다 | 특별히 두 사람이 함께 달성한 일이 없다 | 남편과의 섹스를 생각하면 마음이 무거워진다

부부가 '서로를 용서하는 마음'을 갖자 · 99

'바람직한 부부'로 만들어주는 마법의 대화술 · 102

　　'내 메시지'를 활용하자 | 해서는 안 될 12가지 말 | 부부대화의 3원칙

'생활'의 장소와 '삶'의 장소 · 115

'생활파'인지 '삶파'인지를 체크 · 120

'생활'의 장소와 '삶'의 장소에서의 대화술 · 124

Two · 자녀를 쑥쑥 키워주는 대화술

자녀에 대한 애정이 식어가려 할 때에도 · 130

바람직한 부모 자식 관계란? · 134

아이와 함께 키워가는 마법의 대화술 · 139

　유년기 모자간의 대화 | 아동기 모자간의 대화 | 사춘기 모자간의 대화
　| 성인기 모자간의 대화

현재의 모자 관계는? · 178

심성을 기르기 위한 대화술이란? · 184

Three　노년이 되면 익혀야 할 대화술

노년의 인간 관계 · 190

50세를 넘긴 부부 · 193

고부 갈등의 원인 · 200

좋은 고부 관계 · 205

간병 문제에 관한 대화 · 211

간병을 하게 되었을 때는? · 215

'좋은 인간관계'를 만드는 마법의 대화술 · 221

'좋은 친구'는 어떻게 만들지? · 229

좋은 친구를 만들기 위한 힌트 · 233

맺음말　서로의 마음이 통하는 대화 · 240

부부에게도 '듣는 기술', '말하는 기술'이 중요

저는 카운슬러로서 20여 년에 걸쳐서 가족문제를 다뤄 왔습니다. 그 중에서 특히 최근에 눈에 띄는 것이 부부간의 대화가 잘 이뤄지지 않는 분들이 놀랄 만큼 많다는 사실입니다.

한 지붕 밑에서 함께 생활을 하다보면 대화는 자연스럽게 이루어지는 법이란 말도 이미 과거의 말이 되었습니다. 옆에서 보기에는 틀림없이 사이가 좋아 보이는 부부라도 의외로 대화가 잘 이뤄지지 않는 경우도 많습니다.

실제로 나와 상담을 하러 오시는 분들로부터 이런 말씀을 많이 듣습니다.

"이 사람, 대체 무슨 생각하고 있는 거야?"

"말은 하고 싶은데 왜 제대로 말할 수 없는 거지?"

"부부가 서로를 이해할 수 있는 대화라는 게 정말로 있기는 있는 거야?"

물론 여기에는 여러 가지 복잡한 사정들이 얽혀 있다는 것은 틀림없는 사실입니다. 그렇지만 '대화의 요령을 조금 더 알고 있었다면 부부나 가족관계가 훨씬 더 원만해졌을 텐데, 부부간의 대화도 만족스러운 것이 될 텐데'라는 생각을 하게 하는 부분이 참으로 많습니다.

대화가 잘 이루어지지 않는다. 커뮤니케이션이 원만하게 이루어지지 않는다. 이런 부부들에게는 몇 가지 유형이 있는 듯합니다. 그것을 내가 지금까지 해왔던 상담 내용을 통해서 소개해보겠습니다. 틀림없이 '나도 그래!'라며 공감하실 분들이 많을 것이라고 생각합니다.

 케이스 · 1

남편은 불투명한 유리 속에 있는 듯한 느낌

결혼한 지 4년째 되는 주부입니다. 아이는 한 명이고 매우 평범한 가정이라고 생각하고 있는데 요즘 들어서는 남편과 이야기를 할수록 '싫다'는 생각이 커져갑니다.

이래서는 안 된다고 생각하고 있지만, 때로는 '이 사람만 없다면 얼마나 마음이 편할까?라며 이혼까지도 생각합니다.

남편과 이야기를 하다가 가계나 육아문제로 곧잘 싸움을 합니다. 물론 처음에는 싸움이 아니라, 서로 잘 이야기를 해보려고 제가 먼저 진지하게 이야기를 시작하는데 남편은 언제나 건성으로 대답을 합니다.

그런 남편의 태도에 점점 화가 나기 시작해서 나도 모르게 감정적인 말을 하고 결국에는 싸움을 하는 일이 반복됩니다. 결혼 초에는 이 사람과 함께라면 무슨 일이든 의논할 수 있을 것이라고 생각했는데 아이가 태어나고 가계를 꾸려가게 되면서부터 내 속에서 스트레스가 쌓이기 시작했던 것 같습니다.

하지만 앞으로 남편과 함께 생활해나가기 위해서는 금전이나 육아문제에 대해서 서로 대화를 나누어야 한다고 생각합니다. 그런데 언제나 건성으로 대답하는 남편을 보고 있으면 '이 사람 대체 무슨 생각하고 있는거야?'라는 불만이 쌓입니다.

요즘에는 남편과 이야기할 때보다도 사정을 가장 잘 알고 있는 친구와 이야기를 할 때 더욱 마음이 편안해집니다. 제가 그런 마음을 갖고 있어서일지도 모르겠습니다.

남편과 마음의 거리가 점점 더 벌어지는 듯해서 걱정입니다.

아이를 생각해서라도 이런 부부관계는 좋지 않다고 생각하고 있는데, 어떻게 남편과 원만하게 대화를 할 수 있는 방법은 없을까요?

이 분에게 우선 드리고 싶은 말은 "부부간의 대화가 원만하게 이루어지지 않는다는 것은 화가 나는 일이며, 틀

림없이 스트레스나 불만도 쌓여 있을 것입니다. 하지만 그 와중에도 '이런 부부관계는 좋지 않다.'는 사실을 용케 깨달으셨습니다. 당신이 이미 깨달으셨으니 틀림없이 해결될 것입니다."라는 것입니다.

'우리, 이 상태로는 안 된다.'는 사실을 이미 깨달은 사람이 아내든 남편이든 스스로 이야기를 나눌 기회를 만들어 상대의 마음을 이해하려고 한다면 그 부부나 가족은 틀림없이 새롭게 태어날 수 있습니다. 이것이 많은 분들과 접촉해 보면서 제가 느낀 점입니다.

그리고 이 부인의 경우는 남편과 너무 진지하게 이야기하려고 했기 때문에 일방적인 이야기밖에는 되지 않았다는 점이 마음에 걸리는 부분입니다. 자세한 내용은 본문에서 설명하겠지만 이야기하는 방법에 대해서 조금 생각해보는 것만으로도 부부의 대화가 원만하게 이루어지는 경우가 많습니다.

그런데 그걸 그대로 방치해두면 마음이 점점 멀어져서 결국에는 돌이킬 수 없는 곳까지 가는 사태가 벌어질 지도 모릅니다. 이야기하는 요령을 조금 익히는 것만으로도 상대방의 태도는 크게 바뀌는 법입니다.

남편은 말이 없는 것이 아니라 아무 생각도 없는 것?

지금까지 계속해서 남편과의 대화가 적은 것은 이 사람이 과묵하기 때문이라고 생각해 왔습니다.

열심히 음식을 장만해도 맛있다는 말을 하지 않으며, 현관을 꽃으로 장식해 놓아도 아무 말이 없습니다. 하지만 아침 일찍 출근해서 밤늦게까지, 일에 푹 빠져있는 사람이니 피곤해서 그런 것에는 신경을 쓰지 못하는 것이라며 스스로를 위로해 왔습니다.

선을 봐서 결혼을 했고, 사택에서 살고 있지만 아이는 아직 없습니다. 솔직히 말하자면 하루하루가 굉장히 외로웠습니다. 나는 왜 여기에 있는 것인지? 모습이 보이지 않는 투명인간을 위해서 밥을 만들고 빨래를 하고 청소를 하고 있다는 느낌입니다.

친정어머니와도 이야기를 나눠봤지만, 남자란 모두 그런 법이다. 성실하게 일해서 월급 꼬박꼬박 갖다 주니 그걸로 된 거 아니냐? 곧 아이가 생기면 달라질 것이라고 말씀하십니다.

하지만 아이도 혼자서는 만들 수 없습니다. 사택도, 이

런 불황 속에서 언제까지 살 수 있을지 알 수 없다는 옆
집 아주머니의 말을 듣자 집을 새로 지어야 할지, 아파트
를 사야 할지 남편과 함께 생각해봐야겠다는 초조한 마음
이 점점 깊어만 갔습니다.

하지만 이런 문제들에 대해서 쉬는 날 남편에게 물으면
언제나 "당신 마음대로 해."라고만 대답할 뿐입니다.

결국 참지 못하고 "당신은 매일 무슨 생각을 해요? 나
랑 얘기하기가 그렇게 싫어요? 얘기도 못할 만큼 내가

그렇게 바보로 보여요?"라며 남편을 몰아세운 적도 있습니다.

그러자 "아니야. 미안해. 나는 일 이외의 것에 대해서는 별로 생각해본 적이 없거든."이라고 대답하는 것이었습니다. 기가 막혀서 말도 안 나왔습니다.

남편은 그저 과묵하거나 눌변이었던 것이 아니라 애초부터 아무것도 생각하지 않고 있었던 것이라는 사실을 알게 된 순간 충격을 받았습니다. 일밖에는 모르는 이 사람, 어쩌면 아무런 생각도 없이 일이 그렇게 되어가니까 그냥 나랑 결혼을 한 것일지도 모른다는 생각이 들자 너무나 한심해서…….

이런 사람과 앞으로 몇 십 년 동안 살아가야 하는 걸까? 아이를 낳고 길러야 하는 걸까? 이런 생각이 들자 나는 그럴 자신이 없어졌습니다.

어떻게든 남편이 집에서도 자신의 생각을 이야기하도록 바꿀 수 있는 방법이 있을까요? 아니면 제 마음이나 집안일에 대해서는 아무것도 생각하지 않는 남편과는 하루라도 빨리 헤어져야 하는 걸까요?

망설이고 있습니다.

같은 여성으로서 이 부인이 받은 충격에 대해서 충분히 이해할 수 있습니다.

단, 이것은 남자들에게만 한정된 문제는 아니며 자녀의 문제를 앞장서서 전부 해결해버리는 능력 있는 어머니 밑에서 자란 사람들 중에는 타인의 입장이나 기분을 생각하거나 자신은 어떻게 하고 싶은지를 생각하는 것이 서툰 사람이 있습니다.

하지만 그렇다고 남편을 원망하기만 해서는 문제를 해결할 수가 없습니다. 케이스 1의 경우와 마찬가지로 이 부인도 자기 부부 사이에 무엇이 부족한지를 깨달았으니 이제 '어떻게 해서 새로운 관계로 만들어갈 것인가' 하는 문제만 남은 셈입니다.

우선은 남편과 쉽게 이야기할 수 있는 환경을 만들 것, 즉 남편과 '시간, 장소, 생각을 공유해보는 것'입니다.

그 방법은 간단한 여행도 좋고, 레스토랑에서 분위기 좋게 식사를 해도 되고, 두 사람이 쇼핑을 하러 나가는 것도 좋은 방법이 될 것입니다. 그렇게 해서 남편과 함께 같은 사정을 공유하고, 같은 일에 흥미를 갖는 시간을 만들어보는 것입니다.

"이거 재밌겠는데."

이런 대화라도 몇 번을 거듭하다보면 마음속에 있는 진심이 자신도 모르게 말이 되어 입 밖으로 나와 부부간의 대화가 시작되는 계기가 되어줄 것이라고 생각합니다.

 케이스·3

마음에 불안과 불만이 가득해서 여유가 없다.

핵가족 시대라고 불리고 있지만 저는 오래 전부터 결혼을 하면 아이를 세 명쯤 낳고 싶다고 생각하고 있었습니다. 저는 삼 남매로 자라면서 즐거운 기억이 가득 했기 때문에 형제가 없이 혼자 크는 아이들이 가엾다는 생각을 해왔습니다.

그런데 현실은……, 하나를 낳아 기르는 것만으로도 일을 가지고 있는 제게는 벅찬 일인데 남편은 아무런 도움도 되질 않는다는 사실을 알게 된 후부터는, 아이를 또 낳아서 기른다는 것은 불가능한 일이 아닐까 하는 의문이 들기 시작했습니다.

잊을 수가 없습니다. 남편은 도움이 되지 않는다는 사실을 알게 된 것이 바로 임신중이었기 때문입니다.

저는 입덧이 심해서 장을 보러 갔던 슈퍼 안의 냄새때

문에 구역질이 날 정도였습니다.

그 날도 일을 마치고 돌아오는 길에 도저히 장을 볼 수가 없어서 저녁 준비를 하지 못했습니다. 하는 수 없이 퇴근한 남편에게 배달을 시키거나 먹을 것을 좀 사다 달라고했습니다.

그러자 남편은 "지쳐서 집에 왔는데 밥도 없단 말이야."라는 것이었습니다. "됐어. 밖에서 한잔하고 올게." 이렇게 말하고는 혼자 밖으로 나가버렸습니다.

틀림없이 남편은 피곤했을 것이고 또 화도 났을 것입니다. 하지만 저도 일을 하고 왔기 때문에 피곤했고 배가 고픈데도 속이 좋지 않아서 음식을 만들 수가 없었습니다. 그런 것도 이해하지 못하다니, 이 사람은 남을 배려하는 마음이 눈곱만큼도 없는 사람이라는 생각이 들었습니다. 그렇다면 아이를 낳은 뒤에도 앞날이 똑같을 것이라는 생각이 들었는데 실제로도 그랬습니다.

출산 휴가가 끝나 아이를 어린이집에 맡기게 되면서부터는 하루하루가 시간과의 전쟁입니다. 그런데도 남편은 '일이 바쁘다.'는 이유만으로 아이의 배웅이나 마중을 전혀 하지 않습니다.

잔소리를 해대면 "네가 일하고 싶어서 맡기는 거잖아."

라는 말뿐입니다. 결혼 전에는 "여자도 일을 하는 것이 좋다고 생각한다."고 말했었는데 그것은 결국 말뿐이었습니다.

지금 생각해보면 왜 이런 사람하고 결혼을 했는지 후회가 됩니다.

결혼 전에 제가 했던 말들, '일을 계속하고 싶다, 아이는 셋을 낳고 싶다, 밝고 따뜻한 가정을 만들고 싶다……', 이 사람에게 이런 말들은 전부 아무 상관없는 말이었던 것입니다. 아니, 어떻게 하든 나는 상관없으니 모두 "당신 혼자 알아서 해."라는 생각이었다는 사실을 알게 되었습니다.

　아이에게는 아버지가 꼭 필요한 것일까요? 가족이란, 부부란 무엇일까요? 그 답을 찾고 있습니다.

　행복한 가정을 이루고 자녀를 행복하게 기르기 위해서는 부부간의 대화가 중요하다는 것은 누구나 잘 알고 있는 사실입니다. 하지만 그게 잘 안 됩니다. 그래서 억지로라도 이야기를 하려고 하면 분위기가 험악해집니다. 바로 이런 상황이라고 생각됩니다.

　특히 무슨 일이 생겨서 이야기해야 될 문제가 눈앞에 있으면 이야기를 해야한다는 사실 자체가 상당한 스트레스로 작용할 것입니다.

　이 부부를 보고 있으면 두 분 모두가 자신의 일로 정신이 없어서 마음에 여유가 없는 것이 아닌가 하는 생각이 듭니다. 마치 물이 넘쳐흐르려는 상대방의 컵에 물을 더 부으려고 안절부절못하는 사람들 같습니다.

　상대방의 컵(마음)도 자신의 컵(마음)도 물(자신의 사정, 생각 등)로 가득 차 있습니다. 거기에 다시 자신의 물을 부으면 당연히 물은 넘쳐날 것입니다. 그런데도 자신의 사정을 들어주지 않는다고 초조해하고 있습니다.

만약 이 부인이 남편이 자신의 말을 들어주기를 바란다면 우선은 남편의 컵 속에 있는 물을 조금 덜어줄 방법을 찾아봐야 할 것입니다. 그런 다음에 자신의 물(자신의 사정, 생각 등)을 부어도 늦지 않을 것입니다.

물론 자신의 컵에도 조금은 여유가 있는 편이 좋습니다. 물이 가득 차서 넘치려고 하면 상대의 물(자신의 사정, 생각 등)을 받아들여줄 '여유'가 없기 때문에 아무래도 자신의 기분에 따라 상대방을 보게 됩니다.

자세한 내용은 본문에서 설명하겠지만 이 말도 하고 싶고, 저것도 말해야 한다고 생각할 때일수록 잠깐 멈춰서

서 자신의 마음, 상대방의 마음에 어느 정도 '여유'가 있
는지를 되돌아보는 것이 중요합니다.

 케이스 · 4

집안 일은 오로지 여자의 몫?

나이 먹고 이런 생각은 하고 싶지는 않지만 우리들의
결혼은 역시 실패였다고 생각하고 있습니다.

제가 젊었을 때는, 여자에게 있어서 결혼이란 영구 취
직이라는 생각이 아직 남아 있었습니다. 그랬기 때문에
사이가 좋지 않은 시어머니를 모시는 것도 아이들을 낳아
기르는 것도 전부 저의 일이라고 생각하고 열심히 해왔습
니다.

물론, 남편과 상의를 하고 싶었던 일은 헤아릴 수도 없
이 많았습니다. 아이가 대학 입시에 떨어졌을 때나, 모시
고 있는 시어머니가 시누이들에게 나에 대한 험담을할 때
는 참을 수가 없어서 "여보, 저 어떻게 해야 하는 거죠?"
라고 물어봤습니다. 하지만 대답은 "집안일은 여자가 해
야 할 일이다. 나도 내 할 일은 하고 있다. 불평하지 말
라."는 차가운 대답뿐이었습니다.

아이들이 결혼을 해서 분가하고, 시어머니도 돌아가시고 난 후부터 집안에서 그 사람과 단 둘이 있는 게 너무나도 싫어서 견딜 수가 없습니다.

예를 들어서 일요일은 특히 우울해집니다. 아침부터 텔레비전만 들여다보고 있는 그 사람을 무시한 채로 저는 묵묵히 집안일을 합니다. 식사도 세 번, 제가 만든 것이 아니면 남편은 먹으려 들지 않습니다. 평일에는 밖에서 친구들과 점심을 먹을 수도 있지만 이 날만은 외출을 하면 남편의 기분이 아주 나빠지기 때문에 그럴 수도 없습니다.

자녀 양육과 시어머님 병간호, 이제 내 일은 끝났다, 그러니 나를 풀어달라고 말하고 싶은 것이 제 솔직한 심정입니다. 애초부터 애정이 있는 부부였다고는 생각하지 않습니다. 앞으로 남편에게 무엇을 바라고 싶은 마음도 없습니다.

저와 비슷한 생각을 하고 있는 친구 중에는 "남편이 빨리 죽었으면 좋겠어."라고 말하는 사람도 있을 정도입니다. 저는 그렇게까지는 생각하지 않지만 얼마 남지 않은 인생 앞으로도 계속해서 참기만 하며 살아가기는 싫습니다.

이혼을 하고 싶기도 하지만 경제적인 문제를 생각하면

불안한 마음이 없는 것도 아닙니다. 하지만 남편의 정년 퇴직도 얼마 남지 않았고 기회는 지금밖에 없다고 생각합니다. 꼭 충고를 해주시기 바랍니다.

 **케이스 · 5**

이제는 무슨 말을 걸어야 할지 모르겠다

결혼한 지 20년이 되었지만 아내와는 1년 전부터 가정 내 별거상태가 계속되고 있습니다. 작년에 딸이 취직을 하면서 독립하겠다고 집을 나간 이후, 자연스럽게 그런 상태가 되었습니다. 지금은 침실도 따로, 식사는 밤늦게 돌아와서 아내가 차려놓은 것을 혼자서 먹습니다.

이렇게 되었지만 아직도 저는 제가 무엇을 잘못했는지 잘 모르겠습니다. 결혼하고 얼마 지나지 않아서 딸이 태어났는데 당시에는 젊고 돈도 없었기 때문에 죽을 힘을 다해서 일을 했습니다. 영업사원이었기 때문에 위에서 할당해준 목표량을 달성해야 했고, 열심히 한 만큼 수당도 더 나왔기 때문에 머릿속은 언제나 일에 대한 생각으로 가득했습니다.

딸이 성장하면서부터, 이번에는 제가 부하를 거느리게

되었는데 그것도 머리가 아픈 일이었습니다. 회사는 예전의 호황기와는 달리 경영난에 허덕이게 되었고 부하들을 독촉하는 기분으로 간신히 일을 해나가고 있었습니다.

그 무렵부터였을 것입니다. 집에 돌아오면 아내와 딸로부터 "아버지는 너무 말이 없어요 왜 아무 말도 하지 않는 거죠?"라는 말을 듣게 되었던 것은.

하지만 그렇게 괴로운 일에 대한 이야기를 집에서까지 하고 싶지는 않았습니다. 한다고 한들 사회생활을 해본 적이 없는 아내와 딸이 이해를 해줄 거라고는 생각지 않았습니다.

가정을 돌보지 않았다고 한다면 그것도 맞는 말일지 모르겠습니다. 집에서도 일에 대한 생각을 하느라 때로는 아내가 무슨 말을 했는지 제대로 듣지 못했던 적도 한두 번이 아니었습니다. 지금 그런 것들에 대한 벌을 받고 있는 걸까요?

저는 원래 말주변이 없기 때문에 이제 와서 아내에게 어떤 말을 하면 좋을지조차 알 수 없습니다. 무슨 좋은 방법이 있다면 가르쳐주시기 바랍니다.

케이스 4와 케이스 5는 각각 여성과 남성에게서 들은

이야기로 같은 부부는 아닙니다. 그럼에도 불구하고 마치 한 부부를 양쪽 면에서 본 것과 같은 기분이 드는 것은 그만큼 '오랜 기간에 걸쳐서 대화가 없는 부부'가 많다는 증거일지도 모르겠습니다.

케이스 4의 여성은 "우리들은 실패한 결혼이다."라고 말씀하셨는데, 나는 '인생에 실패라는 것은 없다.'고 생각합니다. 실패라고 생각하는 일도 그것은 단지 경험에 지나지 않는 것입니다. 그것을 바탕으로 적극적으로 살아간다면, 혹은 소중한 무엇인가를 잃어버리기 전에 그것을 깨닫고 궤도를 수정할 수만 있다면, 틀림없이 그 경험을 의미 있는 것으로 바꿀 수 있을 것이기 때문입니다. 케이스 5의 남성도 그리고 여러분도 지금부터라도 늦지 않았습니다.

이러한 부부들의 공통점은 어떤 급박한 문제가 생기지 않는 한 부부간에 대화를 나눌 필요는 없다고 생각을 하고 있거나, 애초부터 상대와는 깊은 대화를 나눌 수 없다고 생각하고 있다는 점입니다.

조금 더 가벼운 마음으로 일상의 사소한 일이나 문득 깨달은 일에 대해서 이야기한다면 부부간의 대화가 시작될 것입니다. 그렇게 하면서 점차 상대방의 마음에 가 닿을 만한 말을 서로에게 하면 되는 것입니다. 이러한 부부들이 조금이라도 이 책에서 소개하는 대화법을 익히게 된다면 이야기를 나눌 기회는 훨씬 더 많아질 것입니다.

카운슬링 마인드, 듣는 기술, 말하는 기술이 필요

나는 지금까지 오랜 기간 동안 카운슬러로서 수많은 분들을 만나왔습니다. 그러는 동안에 느끼게 된 것 중의 하나가 우리나라 사람들은, 비록 부부나 가족이라 할지라도, 아니 그렇기 때문에 더더욱 서로간의 원만한 커뮤니케이션을 위한 대화술(카운슬링 마인드-대화를 위한 마음 가짐- 듣는 기술, 말하는 기술)을 배울 필요가 있다는 것입니다.

우리나라에는 예전부터 '호흡이 잘 맞는다.', '이심전심'이라는, 상대가 아무런 말을 하지 않아도 그 마음을 살펴서 거기에 맞는 행동을 하는 커뮤니케이션 형태가 있었습니다. 특히 부부나 어버이와 자식과 같은 가족관계에서는 이러한 분위기가 강했습니다. 실제로 지금까지의 가족관계에서는 말을 많이 하지 않아도 크게 문제될 것이 없었던 부분도 있습니다.

하지만 지금은 상황이 크게 바뀌었습니다. 부부라 할지라도 한사람의 인간으로서 자기 나름대로의 인생을 살아보고 싶다는 마음을 강하게 가지고 있으며, 각자가 품고 있는 사정도 상당히 다릅니다.

비록 부부 사이라 할지라도 실제로 관계를 맺고 있는 사람들, 직장 환경과 취미가 다르기 때문에 그런 것들을 말로 표현하여 전달하고 상대방의 사정을 들어주기 위한 대화, 말에 의한 커뮤니케이션이 중요해지는 것입니다.

그래서 이 책에서는 내가 오랜 기간 동안 카운슬러로서 경험해 온 것을 바탕으로 쌓아올린 대화술의 핵심을, 특히 부부나 가족 간의 대화에 도움이 되도록 알기 쉽게 설명해놓았습니다. 카운슬링이라는 것을 전문으로 하지 않더라도 카운슬링 마인드와 듣는 기술, 말하는 기술을 터득할 수 있도록 해놓았습니다.

'원만한 인간관계'란, '좋은 대화'를 나눌 수 있는 사람들 간의 관계라고 생각합니다. 이 책이 여러분들의 소중한 인간관계를 더욱 풍성하게 하는 데 도움을 줄 수 있다면 그보다 더한 기쁨은 없을 것입니다.

남편과의 사랑을
되찾아 주는
마법의 대화술

부부의 대화는
언제나 일방통행?

　내가 강연회 등에서 "어제 하루, 남편과 무슨 이야기를 나누셨습니까?"라고 물으면 여러분은 일제히 생각에 잠깁니다. 그리고 다음과 같은 대답을 해주십니다.

　"집을 나설 때 '오늘은 늦어.'라고 말해서, '어머 그래요? 다녀오세요.'라며 배웅을 한 정도였을까? 밤에는 언제나 아이하고 먼저 잠을 자니까."

　"우리는 요즘 야근이 없어서 일찍 들어오기는 해도 야구중계 보면서 맥주만 마셔요. 좀 더 진지하게 이야기를 나누고 싶은데."

　"할 말이 있으면 언제나 메일을 보내기 때문에 특별히 불편한 점은 없어요. 하지만 둘이서 얼굴을 마주보고 이야기할 수 있는 시간은 주말 저녁 정도밖에 없어요."

침묵은 금

　앞에서 예로 든 분들 정도는 아니지만 부부 각자의 일이 바쁘고 시간이 잘 맞지 않아서 어느 부부 사이에서나 역시 대화 자체가 적어졌다는 생각이 듭니다.

　특히 남성분들에게서 많이 볼 수 있는데, '말을 하는 것은 손해다.'라고 생각하고 있는 분들이 있다는 것은 안타까운 일입니다. 그런데 실제로는 자기에 대해서 이야기하고 싶다거나 아내에게 위로를 얻고 싶다고 생각하고 있을지 모릅니다. 그렇지만 그런 계기를 스스로 만드는 것은 어딘가 경솔해 보이는 것 같아서 자신도 모르게 대화를 꺼리게 되는 것입니다.

우리나라에는 오래 전부터 '침묵은 금'이라는 말이 있었고, 남성의 경우에는 직장에서 말을 많이 하거나 상냥하게 굴면 '가벼워 보인다'는 가치관이 있었는데 이런 것들에 영향을 받은 것일지도 모르겠습니다. 그래서 그런지 입만 열었다하면 "밥 아직 안 됐어?", "내일은 출장이니까 갈아 입을것 좀 챙겨줘."와 같은 '명령'이나 '지시'뿐으로 대화가 아닌 단어로 말을 맺어버리는 남편이 많습니다.

그런 일방적인 단어를 던져오는 남편에 대해서 아내들은 아예 포기를 하고 입을 다물어버리거나 불평, 불만만을 늘어놓기 때문에 부부 사이에 대화가 이루어지기 어려운 상황에 빠집니다.

하지만 남편이나 아내 모두 가정에서는 대화를 아끼지 말고 좀 더 솔직하게 자신을 표현하는 편이 좋다고, 아니 표현하지 않으면 손해라고 생각합니다.

가정이란 생명을 기르고, 고양시키며, 위로하는 장소입니다.

그렇기 때문에 서로 진심을 털어놓고 이야기하며, 서로를 위로하고, 서로를 격려하지 않으면 남편은 사회에서 사용하기 위한 에너지가 고갈되어 버립니다. 그래서 결국에는 일도 제대로 하지 못하는 결과를 가져오게 되는 것 아닐까요?

아내도 자신 속에 쌓아둔 애정의 에너지가 부족해지면 아이나 남편에게도 그것을 나눠주기가 힘들어집니다. 밖에서는 절대로 얻을 수 없는 생명의 에너지를 충전하는 가정이라는 장소가 마음 편하고 안심할 수 있는 곳이 될 수 있는지는 '부부의 대화'에 달려 있습니다. 그것을 명심하고 우선 평소의 대화 습관을 체크해보도록 하겠습니다

일상의 대화를 체크

당신은 남편이나 아내와 매일 어떤 대화를 나누고 있습니까? 남성은 〈남편 편〉을 여성은 〈아내 편〉을 보고 자신에게 해당하는 항목이 몇 개나 있는지 체크해보시기 바랍니다.

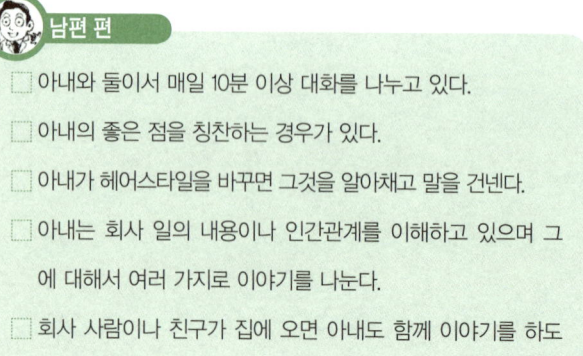

남편 편

☐ 아내와 둘이서 매일 10분 이상 대화를 나누고 있다.

☐ 아내의 좋은 점을 칭찬하는 경우가 있다.

☐ 아내가 헤어스타일을 바꾸면 그것을 알아채고 말을 건넨다.

☐ 아내는 회사 일의 내용이나 인간관계를 이해하고 있으며 그에 대해서 여러 가지로 이야기를 나눈다.

☐ 회사 사람이나 친구가 집에 오면 아내도 함께 이야기를 하도

록 하고 있다.

☐ 남들에게는 말 못할 속사정도 아내에게는 한다.

☐ 아내와 함께 미래에 대해서 이야기를 나누곤 한다.

☐ 아내는 시부모님이나 시댁 식구와 곧잘 이야기를 나눈다.

☐ 자녀교육이나 가정교육에 대한 이야기를 부부가 함께 나눈다.

☐ 아내의 생일에는 선물을 하거나 감사의 마음을 말로 표현한다.

아내 편

☐ 남편과 이야기 하는 내용은 아이에 관한 것뿐이다.

☐ 남편의 귀가시간이 늦다고 자신도 모르게 잔소리를 해버린다.

☐ 남편과 취미에 대한 이야기를 해도 서로 맞질 않는다.

☐ 남편의 출세나 승진에 대해서 자신도 모르게 꼬치꼬치 캐묻게 된다.

☐ 음식을 만들어도 '맛있다'고 말하지 않는 남편의 태도가 마음에 들지 않는다.

☐ 시댁 식구들에게 불만이 있어도 거의 말을 하지 않는다.

☐ 남편과 뉴스 등에 대해서 이야기하는 경우가 거의 없다.

☐ 고민이 있을 때 친정 어머니나 친구에게 먼저 이야기한다.

☐ 남편과는 말보다 메모나 메일로 연락을 하는 경우가 많다.

☐ 실패한 결혼이라고 느끼고 있다.

우선 〈남편 편〉에 있는 항목들부터 살펴보도록 하겠습니다.

상당히 좋은 일들만 늘어놓았는데 사실 여기에는 '아내가 말을 걸고 싶어지는 이상적인 남편'의 모습이 담겨 있습니다. 이것을 전부 갖추고 있는 남성이 있다면 그 사람은 최고의 남편이라고 할 수 있는데 그런 분은 거의 찾아볼 수 없을 것입니다. 현실 속의 남성들은 바쁘고, 말과 행동을 좀처럼 세련되게 하지 못하는 것이 보통입니다.

남편으로서 이 중에서 한두 가지만이라도 해당되는 것이 있다면 그것만으로도 아내와 바람직한 대화를 나누고 있다고 생각해도 좋습니다. 틀림없이 대화가 즐거우며 서로를 신뢰할 수 있는 부부관계를 맺고 있을 것이니 그런 관계를 더욱 더 소중하게 여기시기 바랍니다.

안타깝게 어디에도 해당되지 않는다면 10개 항목 중에서 무엇이라도 좋으니 바로 할 수 있겠다고 생각되는 것부터 시험해보시기 바랍니다.

"늘 느끼는 건데 당신이 만든 국은 맛있단 말이야."라고 아내가 만든 음식을 칭찬하거나, 아내의 생일에 꽃다발을 선물해보는 것도 좋은 방법입니다. 아주 조금 용기를 내는 것만으로도 아내의 얼굴이 훨씬 더 밝아지고 훨씬 더 부드러운 말을 걸어온다는 사실을 실감할 수 있습니다.

그런데 아내 장점을 칭찬하거나 선물을 보내도 "뭐예요? 갑자기 왜 그래요?" 라며 이상하게 생각할 뿐이라면 지금까지 부부간의 대화를 피해왔던 것에 대한 빚이 상당히 쌓여 있는 것이라고 각오를 해두는 편이 좋습니다. 이런 경우에는 착실하게 노력하여 두 사람 사이의 골을 메워나가는 것 외에는 달리 방법이 없습니다. 명령조나 비판적인 말의 사용을 피하면서 남편으로서의 생각을 아내에게 전달하고, 아내의 마음을 듣기 위한 대화의 시간을 조금씩 되풀이해서 갖도록 해보십시오.

한편 〈아내 편〉에서 예로 든 항목은 반대로 '남편이 말을 걸기 어려운 아내' 예입니다.

물론 아내의 입장을 보자면, 아내가 그렇게 하는 데에는 그 나름대로의 이유가 있습니다. 그것을 탓하려는 것이 아닙니다. 단지 부부간의 대화를 원활하게 하기 위해서는 남편이 조금이라도 말을 하기 편한 분위기를 만들어 주려는 아내의 노력도 필요한 법입니다.

"왜 이렇게 늦는 거예요? 애 진학문제 때문에 같이 얘기 좀 해보려고 했는데, 이렇게 늦게까지 일한다고 해서 승진하는 것도 아니잖아요."

만약 당신이 남편으로 일에 지쳐서 집에 돌아왔는데 아내가 이런 말을 한다면 기분이 어떻겠습니까? 차려놓은 저녁을 먹고 싶은 마음이 싹 달아나버리고 맥주라도 한잔하고 자야겠다는 생각이 들것입니다. 더구나 시집 식구에 대한 불평이나 결혼생활에 대한 불만을 듣게 될 것이

이야기하기 편한 분위기…

뻔하다고 생각된다면 일찍 들어갈 수 있는 날에도 다른 데서 시간을 보내다 들어가자는 생각이 들 것입니다.

자신의 취미나 매일 만드는 음식에 남편이 관심을 가지고 있을 리가 없다고 생각하는 사람도 있습니다.

바쁜 남편에게는 그때그때 간단한 연락사항만 전달하고 중요한 일에 대해서는 친정어머니나 친구 등 남편 이외의 사람들의 의견에 의지하는 사람도 있습니다. 이래서는 남편이 이야기를 걸어올 기회가 없어지지 않겠습니까?

이야기를 좀 더 나누고 싶다면 먼저 상대방의 마음을 이해해야 하는 것이 기본입니다. 그리고 그것은 공감능력이 뛰어난 여성이 더 많이 가지고 있는 특성입니다.

여성은 말을 하지 못하는 아기들과도 커뮤니케이션을 나눌 수 있는 능력을 가지고 있습니다. 마음을 열지 않는 상대라 하더라도 이쪽에서 먼저 사과를 하거나, 칭찬을 하면 상대방 마음속의 응어리를 풀어주고 마음을 따뜻하게 해줄 수 있는 법입니다.

아내가 정신적으로 인색해지지 않고 형식만이라도 좋으니 '만약 내가 남편이라면 이렇게 해주면 좋겠다.'고 생각되는 일들을 적극적으로 해 나간다면 그것만으로도 가정의 분위기는 훨씬 더 따뜻하게 변할 것입니다.

여성이 가지고 있는 다정함과 상대를 배려하는 마음 속에는 돈으로 얻을 수 없는 가치가 있습니다. 가장 소중한 사람인 남편에게 그것을 나눠주시기 바랍니다.

대화 테크닉을 연마하려면

지금까지 별로 대화를 나눈 적이 없었던 부부가 갑자기 매일 조금씩이라도 이야기를 하려고 해도 그렇게 간단하게 제대로 이루어지지는 않을 것입니다. 그리고 '어떻게 공통화제를 찾아내야 좋을지 모르겠다.'며 고민하게 되는 경우도 많을 것입니다.

그럴 때 나는 '계·취·뉴·여·신·가·건·일'이라는 말을 머릿속에 떠올려보라고 권하고 있습니다. 들어본 적이 없는 '주문'처럼 들릴지도 모르겠지만 이것은 대화의 계기를 만들어주는 것들의 머리글자를 늘어놓은 것입니다. 우선 계는 계절을 말합니다. 이어서 '취는 취미, 뉴는 뉴스, 여는 여행, 신은 신앙, 가는 가족, 건은 건강, 일은 그대로 일'을 말하는 것입니다. 이야기가 끊기면 이

'주문'을 외우며 그 중에서 어떤 화제를 찾아내어 이야기를 해보십시오.

이것은 예전에 아나운서였던 분에게서 들은 화제를 찾는 법을 내 방식으로 해석하여 만든 것으로 나 자신도 처음 만난 분과 이야기를 나눌 때는 이것을 요긴하게 활용하고 있습니다.

예를 들어서 계절의 경우에는 "가을바람이 불더니 시원해졌는데.", "라일락이 피는 계절이 돌아왔어요. 향기가 좋아요.", 취미의 경우에는 "여보, 이번 골프대회 잘하세요.", "여보, 이번에 같이 산으로 들꽃이라도 보러가지 않을래요?" 등 자기 주변의 일 중에서 관심을 가지고 있는 것, 상대가 흥미를 느낄 만한 것 등에 대해서 이야기를 하도록 해봅시다.

▎'페이스 투 페이스'가 대화의 기본 ▎

처음부터 깊이 있는 대화를 나누려고 마음을 먹게 되면 오히려 이야기하기가 힘들어집니다. 평범한 대화를 하루하루 늘려가다 보면 자신도 모르는 사이에 진지한 이야기를 나누게 됩니다. 이런 식으로 진행시키는 것을 목표로 꾸준히 노력해보시기 바랍니다.

  그렇지만 평범한 대화라고 해서 간단한 말이나 형식적인 말로만 응대하는 것도 좋지 않습니다.

  최근에 생겨난 풍조이지만, 휴대전화나 컴퓨터를 이용한 메일에 지나치게 의존하는 부부는 조금 걱정스럽기도 합니다. 간단한 정보를 재빨리 보내기에는 메일이 매우 편리한 수단임에는 틀림없습니다. 남편이 "오늘은 늦어질 테니 저녁은 필요 없어."라고 메일을 보내는 것만으로도 집에서 초조하게 귀가를 기다릴 필요가 없어져 편하게 지낼 수 있는 아내도 많을 것입니다. "고마워", "사랑해" 등과 같이 직접 얼굴을 보면서 말하기는 부끄러운 이야기도 메일로는 쓰게 된다고 말하는 사람도 있습니다.

하지만 대화라고 하는 것은 역시 '페이스 투 페이스', 즉 얼굴을 마주보면서 하는 것이 기본이라고 생각합니다.

같은 "사랑해"라는 말이라도 메일에 적혀 있는 "사랑해"라는 문자를 보는 것과 품에 안겨 따뜻한 체온을 느끼면서 "사랑해"라고 속삭이는 말을 듣는 것과는 그 말이 가지고 있는 힘이 상당히 다르게 느껴질 것입니다.

그리고 그 후에 상대방이 어떻게 반응을 하는지 자신의 눈과 귀로 확인하는 것과 단지 답으로 보내는 메일을 기다리는 것에서는 얻을 수 있는 정보의 양이 상당히 다를 것입니다

한걸음 더 나아가서 평범한 일상의 대화가 아니라 진지한 대화를 나눌 때에는 서로 솟아오르는 감정을 어떻게 주고받을 것인가 하는 점도 문제가 됩니다. 머리로 냉정하게 생각한 것을 문자로 적을 때와 실제로 눈앞에 있는 상대에게 화를 내기도 하고, 울기도 하고, 웃기도 하는 얼굴에 자신의 마음을 전달할 때는 커뮤니케이션에 사용하는 기술이 상당히 달라지는 법입니다.

파도가 없는 따뜻한 수영장에서 수영을 잘 하는 사람이라고 해서 반드시 파도가 드높은 바다에서도 수영을 잘한

다는 법은 없습니다. 이와 마찬가지로 얼굴을 마주보고 이야기하는 훈련을 하지 않으면 대화하는 힘이 떨어진다는 사실에 더욱 주의를 기울여주시기 바랍니다.

하루에 10분만이라도 좋으니 남편이나 아내와 얼굴을 마주보고 이야기를 나누도록 신경을 써보십시오. 보디 랭귀지라는 말이 있는데 표정이나 몸짓도 상대의 마음을 알려주는 소중한 언어라는 사실을 느끼게 될 것입니다. 그리고 가능하다면 하루에 한 가지씩 서로의 좋은 점을 찾아내어 "고마워", "덕분에 잘 했어요."라는 따뜻한 마음을 서로 나눠보시기 바랍니다. 그것이 부부라는 공동 작업을 즐겁게 해주는 비결이 될 것이라고 생각합니다.

|'시간과 장소와 생각'을 공유하자 |

깊이 있는 대화를 나누기 위해서 부부가 같은 '시간과 장소와 생각'을 공유한다는 것도 또한 중요한 포인트 중에 하나입니다.

체크 항목에도 포함되어 있지만 "남편과는 취미가 맞지 않는다.", "마누라를 취미활동 하는 데 데려갈 수 있나."라고 말씀하시는 분들이 의외로 많습니다.

하지만 정말로 그럴까요? 처음부터 '상대방의 취미에는

관심 없다, 재미없다.'라고 생각하지 말고 한걸음 더 다가가서 새로운 세계를 펼쳐본다면 지금까지 알지 못했던 상대방의 장점이나 생각을 알게 되어 두 사람의 관계가 변하게 될지도 모릅니다.

어떤 부인은 예전부터 클래식 음악을 즐겨 들었기 때문에 종종 콘서트에도 가곤 했습니다. 남편은 "그런 딱딱한 음악이 뭐가 좋다고 들어?"라고 말하는 사람이었는데, 한 번은 아내가 "한 번만이라도 좋으니 저와 함께 들으러 가요."라고 남편에게 부탁하여 세계적인 지휘자 오자와 세이지(小澤征爾)가 지휘하는 콘서트의 가장 좋은 좌석표를 구해 둘이서 감상을 하러 갔다고 합니다.

그러자 그때까지 관심이 없었던 남편이 "음악이 이렇게 좋은 것이었나?"라며 크게 감격해서, 지금은 "연말이 되면 베토벤의 교향곡 제9장을 들으러 가고 싶다."고 남편이 먼저 말을 꺼낼 정도로 음악을 좋아하게 되었다고 합니다.

나는 '시간과 장소와 생각'이 세 가지에 의해서 인생이 만들어지는 것이라고 생각하고 있습니다. 그렇기 때문에 부부 두 사람이 함께 즐거운 '장소'에서 즐거운 '시간'을 보내며 즐거운 '생각'을 맛볼 수 있다면, 그 가정에는 언제까지나 즐거운 세계가 계속 될 것이라고 생각합니다. 부디 그런 즐거운 세계를 포기하지 말고 만들어 나가시기 바랍니다.

남편의 스타일에 맞는
대화법을 생각하자

이야기를 들을 때는 상대를 존중하고 존경해야 한다는 것은 잘 알고 있는 사실이기는 하지만 때로는 자신과 다른 상대방의 견해에 질려버리거나 왜 그런 말을 하는지 알 수 없어서 대화가 끊어져버리는 경우도 있습니다.

예를 들어서 집에 친구들을 불러서 식사와 대화를 나누며 즐겁게 시간을 보내고 친구들이 돌아간 뒤, 아내가 뒷정리를 하고 있는데 그 곁으로 남편이 다가왔다고 합시다. 그런 장면에서의 부부간의 대화를 상상해보시기 바랍니다.

이때 남편이 아내에게 하는 말은 앞으로 설명할 남편의 스타일에 따라서 달라집니다. 그리고 그것에 대한 아내의 효과적인 대응도 또한 달라집니다.

이것은 남편과 아내의 입장을 반대로 놓아도 마찬가지
이므로 꼼꼼하게 읽으시고 참고해보시기 바랍니다.

완벽주의형 남편

"오늘 요리 종류가 조금 적지 않았나? 맛도 조금 싱거
운 듯했고."

남편은 무슨 일이든 완벽하게 하기를 좋아하는 스타일
입니다. 그렇기 때문에 모든 일에 완벽을 기할 필요는 없
다는 사실을 알게 해줄 수 있는 대화로 유도해나가면 좋
을 것입니다. 살아가면서 모든 일에 완벽을 기할 수는 없
기 때문입니다.

"당신은 만족스럽지 못하셨군요?"라고 일단은 남편의
마음을 받아들이는 것이 중요합니다. 그리고 "싱겁기는
했지만 그래도 혈압이 높은 사람이 있었다니 잘 됐지 뭐
예요. 그보다 분위기가 즐거워서 좋았어요."와 같은 긍정
적인 발언을 하는 것이 좋겠습니다.

'이것이 부족하다.', '저래선 안 된다.'며 마이너스 점수
만을 매기는 상대에게는 화를 내거나 귀찮아하지 말고 상
대방의 의견을 인정하면서 '그래도 여기는 좋았다.', '이런

좋은 점도 있다.'는 식으로 긍정적인 면을 보여주도록 신경을 쓰면 효과적입니다.

봉사주의형 남편

"아, 혼자하게 해서 미안, 미안. 나도 금방 설거지 도와줄게."

타인의 마음을 소중하게 생각하며 서비스 정신이 투철한 남편입니다. 따라서 대답을 할 때는 남편의 배려하는 마음에 기쁨을 느끼고 있다는 사실을 확실하게 보여줄 필요가 있습니다. 예를 들어서 "고마워요. 하지만 마음만으로도 충분해요. 당신도 다른 사람들한테 신경 쓰느라 고생 많았잖아요. 좀 쉬세요."라는 식으로 감사의 마음을 전한 뒤에 이쪽에서도 배려하는 마음을 보여주는 것이 요령이라고 말할 수 있습니다.

반대로 남편이 돕겠다고 말했다고 해서 "그럼 부탁해요. 나 아주 피곤하거든요."라고 아주 당연하다는 듯이 받아들이면 말없이 도와주기는 하지만 내심 불만을 느끼는 귀찮은 스타일이기도 합니다. 도와주고 있다는 사실을 알아주지 않으면 불만을 토로하니 조심하시기 바랍니다.

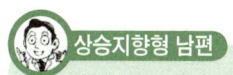

"열심히 일해서 언젠가는 가든파티를 열 수 있을 정도로 넓은 집을 짓도록 하겠어!"

활력에 넘치는 남자라면 한번쯤 해봄직한 말이지만 이런 스타일에는 남자만 있는 것이 아닙니다.

여자 중에서도 "좀 더 넓고 깨끗한 집에서 살고 싶어요. 나, 열심히 일할 테니까 당신도 열심히 해줘요."라고 말하는 당찬 여자가 있어서 오히려 남편이 기가 꺾이는 경우도 있습니다.

이런 스타일은 노력형으로 편안하게 쉬는 것을 자칫 게으름이라고 생각하기 쉽기 때문에 스트레스를 무시하고 일을 하다가 갑자기 병에 걸리는 경우도 있습니다.

아내는 남편의 상승지향을 받아들이면서 부드럽게 브레이크를 거는 듯한 기분으로 대답을 하는 편이 좋을 것입니다. 예를 들어서 "그런 넓은 집에서 살면 정말 좋을 거예요. 하지만 당신 건강을 해칠 만큼 노력하거나 여유가 없는 생활을 할 필요는 없어요."라는 식으로 여유도 중요하다는 사실을 은연중에 상대방에서 전달해봅시다.

"뭐든지 척척 해주는 가사용 로봇이 있으면 좋을 텐데. 그럼 당신도 편할 거고."

감수성이 풍부한 로맨티스트로 인생에 있어서 중요한 것은 꿈과 아름다움이라고 생각하는 스타일의 남편입니다. 이런 스타일의 남편에게 "그런 쓸데없는 얘기하지 말아요. 그럴 거면 좀 더 열심히 일해서 식기세척기나 사주세요."라는 식으로 지나치게 현실적인 대답을 한다면 그것만으로도 싸움이 일어나게 되니 주의하시기 바랍니다.

가능하다면 아내는 "맞아요. 그림을 그리면 그대로 음식을 만들어주는 기계나, 예쁜 식기들이 저절로 나타나는 식탁보가 있었으면 좋겠어요."라는 식으로 남편의 꿈에 공감하는 상냥함을 보여주십시오.

그런 다음에 "하지만 내 손은 설거지, 요리 뭐든지 다 할 수 있는 마법의 손이니 지금은 이걸 써서 요리나 설거지를 열심히 할게요."라고 현실로 돌아와서 일하는 것의 소중함을 표현하는 말을 하도록 합시다.

"모두들 정말 많이 먹었어. A씨는 두 그릇이나 더 먹었
잖아."

관찰력이 뛰어나며 무엇인가 비평하기를 좋아하는 스
타일의 남편입니다. 이런 스타일의 사람들은 감정적이지
않고 차가운 면이 있기 때문에 파트너가 그 마음을 따뜻
하게 해주는 발언을 하는 것이 좋습니다. "역시 당신, 다
지켜보고 계셨군요."라고 남편의 관찰력을 칭찬한 뒤에
"틀림없이 모두 음식이 맛있어서 그랬을 거예요. 남겼으
면 저도 슬펐을 걸요. 깨끗하게 먹어줘서 아주 기뻐요."라
며 감정을 긍정하는 말을 해줍시다.

이런 스타일의 남편이 조금씩이라도 자신의 감정을 이
야기할 때 천천히 귀를 기울여 들어주면 대화가 조금씩
깊어져가게 됩니다.

 불만표출형 남편

"오셨던 분들 모두 만족하셨을까? 오늘 파티는 어땠을
까?"

늘 불안해하는 신중한 스타일의 남편입니다. 이런 스타일이 늘 걱정을 하는 이유는 누구보다 책임감이 강하기 때문인데 아내는 남편의 불안감을 해소하여 안심할 수 있도록 말을 해주는 것이 중요합니다.

이런 경우에는 우선 "뭔가 마음에 걸리는 일이라도 있어요?"라고 불안을 느끼고 있는 남편의 마음에 귀를 기울입시다. 남편이 구체적인 일을 이야기하면 "다음에는 이렇게 하면 될 거예요."라고 충고를 해주면 되는데 특별한 근거도 없이 걱정을 하는 경우도 흔히 있습니다.

그럴 때는 "B씨는 박장대소, C씨는 노래까지 불렀잖아요. 틀림없이 모두 즐거웠을 거예요.", "재미없는 파티였다면 모두들 이렇게 몇 시간이고 있지 않았을 거예요. 마음 편했다는 증거예요."라는 식으로 긍정적인 사실을 들어 상대의 마음속 풍경을 밝은 색으로 칠해주면 명랑함을 되찾게 됩니다.

반대로 부정적인 말에는 과민반응을 보이기 쉬운 스타일이기 때문에 "그래요? 조금 다른 취향으로 연출하는 편이 좋았을까요?"라는 식으로 동조하며 더욱 불안하게 만드는 일은 피하는 것이 현명한 방법입니다.

"다음에는 일회용 접시와 컵을 사용한 소박한 파티를 열자. 바나나 이파리를 접시 대신 활용하여 카레를 먹는 것도 좋을 것 같은데."

명랑하고, 재주가 많으며, 독특한 발상을 하는 스타일의 남편입니다. 즐겁고 낙천적이지만 노력하기를 싫어하고 상식을 잊은 행동을 하기 쉬운 것이 결점입니다.

"그래요. 어떤 파티가 될지 궁금하네요."라고 남편의 생각을 받아들여야 합니다. "아무리 설거지를 하기 싫다 해도 그럴 수는 없죠."라고 처음부터 부정을 해서는 안 됩니다. 그것보다는 "하지만 종이컵이나 바나나 이파리를 사용하면 파티답지 않다고 생각할 사람이 있을지도 모르니까 허물없는 사람들이 모였을 때 하는 게 좋을 것 같아요."라고 아내가 부족한 면을 보완해주는 형식으로 대화를 나누는 것이 좋을 것입니다.

"우리는 모임 장소를 제공했으니 모두들 뒤정리를 좀 더 도와줘야 하는 것 아니야?"

정의감이 강하며 자신의 주장을 강하게 밀어붙이는 스타일의 남편입니다. 특별히 악의는 없지만 일방적으로 자신의 견해를 피력하기 쉽기 때문에 아내는 남편의 주장을 긍정하면서도 타인의 입장이나 사정도 배려할 수 있도록 이야기의 흐름을 잘 잡아가는 것이 대화의 요령입니다. 자신도 모르게 "그런 게 아니라"며 반론을 하게 되면 가정이 토론의 장처럼 되어버리니 주의하시기 바랍니다

예를 들어서 "맞아요. 모두가 힘을 합쳐서 뒷정리를 해주면 아주 편할 거예요."라고 일단은 남편의 주장을 긍정한 뒤에 "그런데 전에 우리들이 손님으로 갔을 때도 뒤정리를 하지 않은 채 돌아왔어요. 다음부터 다른 집에 초대를 받았을 때는 우리들이 뒤정리를 도와주자고요."라는 식으로 부드럽고 공평한 견해를 제시하면 효과적입니다.

마찰회피형 남편

"모두들 하라고 해서 파티를 하기는 했지만, 그래도 안 하는 게 나을 뻔했나?"

온화하고 평화를 사랑하는 사람이지만 마찰을 싫어해서 자기주장을 자제해버리는 경향이 있는 남편입니다.

"나 같은 것 어차피"라며 비하하기 쉽고 주위의 반응이 두려워서 해야 할 행동을 하지 못하며 할 말을 하지 못하곤 합니다. 이런 스타일의 남편을 가진 아내와 시어머니 사이에 문제가 생기면 남편은 자신의 몸을 지키려고 싸움으로부터 도망치기 때문에 좀처럼 문제가 해결되지 않을지도 모르겠습니다.

우선 "걱정하지 마세요."라고 남편의 걱정하는 마음을 수용한 뒤, "우리는 모두를 즐겁게 해주려고 파티를 연거고 좋은 일을 한 것이니 자신감을 가지세요. 모두들 즐거워하는 것 같았고, 사람들을 부를 수 있을 만한 집도 있으니 하기를 잘 했다고 생각해요."라는 식으로 남편이 안심할 수 있도록 격려해줍시다.

우유부단한 남편의 모습에 아내도 초조함을 느끼기 쉽지만 그것을 억제하고 "당신은 당신 방식대로 살면 되는 거예요."라고 남편이 자신감을 가질 수 있도록 해주면 서서히 자신의 의견을 말할 수 있게 되며, 당당하게 행동할 수 있게도 될 것입니다.

가치관이 다른 부부의 대화술

결혼생활이 원만하지 못한 이유로 '가치관의 차이'가 있는 부부들이 많이 있습니다 사실 이것은 대화로도 해결하기가 상당히 어려운 문제입니다.

사소한 생활습관의 차이라면 아내가 용기를 내서 남편에게 불만을 말하고 서로 대화를 나누면서 타협점을 찾을 수도 있겠지만 가치관이라는 것은 그 사람의 기호이자 타고난 성격, 성장환경과 관계가 있는 것으로 이것을 바꾸기란 그리 쉽지 않기 때문입니다.

예를 들어서 "당신, 갈아입은 옷은 자기가 알아서 정리하세요."라는 말을 들으면, "응, 알았어. 그 정도는 해야지."라고 유연성 있게 생각하는 남편이라 할지라도, "여보, 그런 빨간색 옷은 입지 말아요."라고 아내가 말한다면 이는 어떻게 생각할까요? 자신의 취향을 부정당하면 누구나 화가 나기 마련입니다. "나는 빨간색 옷을 좋아한다. 이걸 입는다고 해서 뭐 나쁠 건 없잖아."라며 싸움을 하게 되는 경우도 있을 것입니다.

그렇다면 가치관이 다른 경우에는 더 이상 대화를 나눌 방법이 없는 것일까요? 그것을 극복할 무슨 방법은 없는 것일까요?

결론부터 말하자면 있습니다. 상대방의 가치관을 부정하거나 자신의 가치관을 강요하기를 그만두고, 상대방의 가치관을 인정하고 거기에 맞는 말을 하는 방법입니다.

어떤 부인의 예인데 그 분은 예전부터 남편이 잠도 제대로 자지 않고 일에만 몰두하며 휴일에도 접대를 위해서 새벽부터 골프를 치러 가는 모습을 보고 걱정이 되어 견딜 수가 없었다고 합니다. 그래서 하루는 남편에게 이렇게 말을 했다고 합니다.

"여보, 아무리 월급을 많이 준다고 해도 당신 몸이 잘못돼서 입원이라도 하게 된다면 그런 건 아무 짝에도 쓸모 없잖아요. 월급을 주는 만큼만 일을 하고 나머지는 조금 쉬면 좋지 않겠어요?"

그러자 남편은 전에 없이 화를 내며 이렇게 대답을 했

다고 합니다.

"사람을 뭘로 보는 거야? 나는 득실을 따져가면서 일을 하는 사람이 아니라고!"

"그렇게 놀라긴 처음이에요. 나도 출산 전에는 일을 하고 있었는데, 일은 회사와의 계약이니 계약에 합당한 일을 하기만 하면 된다고 생각하고 있었거든요. 하지만 남편은 다른 것 같아요. 일이나 회사사람들이 정말로 소중하고 모두가 함께 성취감을 맛보는 것에서 삶의 보람을 느끼나 봐요."

이 부인은 여성으로서는 보기 드물게 합리적인 사고방식을 가지고 있는 분입니다. 반면 남편은 의리 · 인정을 사랑하는 뜨거운 피를 가진 분인 것 같습니다. 이처럼 가치관이 다른 부부의 경우에는 충고하는 상대에게 자신의 마음이 전달되도록 말을 해야 합니다.

"언제나 열심히 일을 해주셔서 고마워요. 하지만 너무 열심히 해서 몸에 이상이라도 생기면 결국은 회사 사람들에게도 피해를 주게 되잖아요. 나나 아이들도 걱정이 되어서 견딜 수 없을 거고. 그러니 모든 사람들을 위해서라도 조금씩 쉬어가면서 하세요."

감정이 풍부하고 인간관계를 중시 여기는 남편에게는

이런 식으로 말을 해야 남편의 가슴에 부인의 마음이 자연스럽게 전달된다는 충고에 따랐더니, "당신이 진심으로 걱정하고 있다는 사실을 깨달았다. 전에는 화를 내서 미안해."라고 남편이 말을 했다고 합니다.

비록 가치관이 다르다 하더라도 상대방이 싫어하는 말, 기뻐할 만한 말을 알고만 있다면 커뮤니케이션은 훨씬 더 쉬워질 것입니다.

여기서 가치관의 근본이 되는 사람의 사고 과정에 대해서 생각해봅시다.

다음 페이지에 있는 '사고 스타일에 따른 네 가지 타입' 표를 봐주시기 바랍니다.

이것은 생각하는 스타일을 네 가지로 분류하여 놓은 표로서 '마인덱스(Mindex)'라고 하는데, 사고과정의 자가진단을 위한 것입니다. 마인덱스는 국제적인 경영컨설턴트이자 물리학자, 생리학자, 심리학자인 칼 알브레히트 박사가 개발한 것으로 자신의 사고 스타일을 아는 데 도움이 되는 진단법입니다.

인간의 사고에는 논리적-조직적 사고(BLUE · 좌뇌)와 정서적-유형적 사고(RED · 우뇌) 두 종류가 있습니다. 그리고 생각하는 내용에 따라서 크게 두 가지로 나눠보면 추

| 사고 스타일에 따른 네 가지 타입 |

		사고방식의 구조	
		BLUE 좌뇌 논리적(logical) 조직적(systemayic) 사고	RED 우뇌 정서적(intuitive) 유형적(pattern) 사소
사고방식의 내용	**SKY** 추상적(Abstract) 관념적 구조적 컨셉 상상속에 존재 하는 것을 즐김 사상·철학적	**BLUE SKY** ● '시스템'을 선호 ● 논리의 창조 ● 커다란 구상 ● 도식을 사용하여 생각 ● 현상이나 데이터에 기초 결과 존중—과정과 조직구조 중시 〈직업〉 전략적 플래너·건축가·시스템엔지니어	**RED SKY** ● '어떻게'보다 '무엇을'을 선호 ● 꿈과 비전을 창조 ● 미래와 행동에 흥미 ● 철학적·가정적·투영적 ● 네트워크 중시 인간적·감정적 상황 측면 중시 〈직업〉 광고·외교·패션·인테리어디자이너·예술가
	EARTH 구체적(Concrete) 결과중시 직접적 확실한 결과 선호 체험중시	**BLUE EARTH** ● '결국에는'을 선호 ● 논리적·분석적 ● 사실과 수치로 판단 ● 정형화된 사고 ● 순서에 따른 일 진행 ● 현상과 데이터에 기초 결과 중시 〈직업〉 경리, 엔지니어, 컴퓨터프로그래머	**RED EARTH** ● '지금—여기서—바로'를 선호 ● 직감·기지로 판단 ● 경험주의 ● 뛰어난 상황판단력 ● 실행과 체험으로 판단 ● 직감적 인간중시주의 중심 ● 인간성과 느낌 감정적인 면을 중시 〈직업〉 세일즈, 카운슬링, 교사, 사회복지사(사람과 접촉하는 직업)

상적 개념(SKY)과 구체적 개념(EARTH)으로 나눌 수 있습니다. 위의 그림에서는 이 네 가지 요소를 조합함으로 해서 사고 스타일을 네 종류(BLUESKY · REDSKY · BLUEEARTH · REDEARTH)로 분류했습니다.

그런데 당신은 논리적인 편입니까? 아니면 정서적인 편입니까? 또한 공상적으로 사물에 대해서 생각하십니까? 아니면 현실을 중시하는 편입니까?

때로는 이런 식으로 자신과 주위 사람들을 생각해보고 "아, 이 사람과 나는 사물을 보는 견해가 이런 식으로 다르구나."라는 사실을 깨달으면 대화가 원만하게 이루어집니다. 물론 인간의 사고방식이나 행동 스타일을 분류하는 방법에는 여러 가지가 있으며, 하나의 방법으로 그 사람을 설명할 수 있을 정도로 단순한 문제는 아니지만 "나는 감정적인 편이기 때문에 이렇게 생각하는데 논리적인 당신은 어떻게 생각해요? 한번 들어보고 싶어요."와 같은 식으로 자신과 상대방의 특징을 알고 이야기한다면 대화를 하는 것이 더욱 즐거워지는 것도 사실입니다

사고 스타일을 체크

다음에 예로 든 체크법은 당신과 파트너가 어떠한 사고

방식으로 생각하기 쉬운 타입인지를 알아보는데 매우 도움이 될 것이라고 생각합니다. 우선 20개의 질문 중에서 "그렇다"고 생각되는 것을 몇 개라도 좋으니 선택하여 그 번호를 다른 곳에 적어두십시오.

❶ 타인의 기분을 민감하게 느끼는 편이다.

❷ 무슨 일에 있어서나 논리적으로 생각하고, 조합해 나가기를 좋아한다.

❸ 문학이나 음악, 예술 분야에 소질이 있다고 생각한다.

❹ 일뿐만 아니라 여행이나 놀이를 할 때도 자세하게 계획을 세워 실행하기를 좋아한다.

❺ 순서대로 차근차근 일을 해나가는 타입이다.

❻ 무엇인가를 설명할 때에는 자신이 만든 그림이나 표를 사용하는 경우가 많다.

❼ 무엇인가를 판단할 때에는 번득이는 기지를 가장 중요시한다.

❽ 꿈은 클수록 좋다고 생각한다.

❾ 언뜻 봐서는 아무런 관계도 없는 것처럼 보이는 일들 속에서 일정한 법칙이나 공통점을 잘 발견해낸다.

❿ 우주에는 법칙과 섭리가 있다고 생각한다.

⓫ 무슨 일을 시작할 때는 누군가에게 가르침을 받는 것이 가장

빠른 길이다.

⑫ 일은 인간관계를 원만하게 유지하는 능력보다는 실적이나 결과로 평가되어야 한다.

⑬ 무슨 일이든 사람들과의 관계가 가장 중요하다고 생각한다.

⑭ 복잡한 사물을 분석해나가는 일에 흥미를 느낀다.

⑮ 언제나 사실과 수치를 바탕으로 일을 결정한다.

⑯ SF소설에 나오는 내용이 언젠가는 실현될 가능성이 있다고 생각한다.

⑰ 상식을 존중하여 의사를 결정하는 편이다.

⑱ 사람들이 쉽게 해결하지 못하는 문제라도 포기하지 않고 처리해나가는 편이다.

⑲ 종종 다른 사람들은 생각지도 못했던 아이디어를 낸다.

⑳ 나무만 보고 숲을 보지 못하는 일이 없도록 언제나 일의 전체적인 모습을 파악하기에 신경을 쓴다.

당신이 적어둔 번호가 가장 많이 포함되어 있는 것은 A에서 D 중 어느 타입입니까? 그것이 당신의 사고 유형의 기본을 이루고 있을 것입니다.

A타입 ······ 1, 7, 11, 13, 17

B타입 …… 2, 5, 12, 15, 18

C타입 …… 3, 8, 10, 16, 19

D타입 …… 4, 6, 9, 14, 20

| A타입은 느낌을 중요시 |

감정·직감·기지를 활용하는 등, 우뇌를 활용하는 타입임과 동시에 사물에 대해서 현실적으로 생각하는 타입이기도 합니다. 또한 사물을 판단할 때에는 자신의 체험에서 답을 얻어내는 경우가 많고, 사람들 간의 사귐이나 접촉을 소중하게 여기는 타입입니다.

자신과 다른 타입을 받아들이는 것이 서툴고 추상적인 사고나 논리적인 사고를 쉽게 이해하지 못하는 듯합니다. 때로는 그러한 것들에도 적극적으로 대처해나간다면 보다 균형 잡힌 인격을 소유하게 될 것입니다 또한 견실하고 섬세한 정서를 가지고 있습니다.

| B타입은 결과를 중요시 |

논리적으로 사물을 생각하며, 분석하기를 좋아하는 기술자 타입으로 좌뇌를 활용하면서 현실적이라는 점이 특징입니다. 사물을 판단할 때는 무슨 일이나 사실과 수치를 참고로 하는 타입으로 계산이나 계측, 데이터 관리 등 구체적인 일을 맡기면 자신의 능력을 유감없이 발휘합니다. 단, 좋든 나쁘든 '무엇을 달성했는가?'라는 결과를 중히 여기며 타인도 그것으로 판단하려는 경향이 있습니다. 자신과 같은 영역에 있는 사람들만이 존재하는 것이 아니라는 사실을 염두에 두고 돈이나 수치로 환산할 수 없는 것도 가치가 있다는 사실을 인정하면 보다 커다란 성과를 얻게 될 것입니다.

| C타입은 창의력을 중요시 |

우뇌를 활용하며 추상적인 발상을 하는 타입으로 꿈이나 비전을 소중하게 생각하며 살아가는 타입입니다.

'만약 이랬다면'이라며 철학적으로 생각하거나 가설을 내세우기 좋아하며, 현재보다는 아직 보이지 않는 미래에 흥미를 느끼는 경우가 많습니다.

창의력이 매우 풍부한 타입이지만 견실함, 겸허함을 존중하는 우리나라에서는 다소 현실감이 떨어지는 사람으로 취급받기 쉽습니다.

다른 사람들이 가지고 있는 현실적인 생각이나 구체적인 행동의 효과도 염두에 두고 좀 더 알기 쉽게 꿈과 비전을 이야기하면 사람들도 쉽게 이해해줄 수 있습니다.

| D타입은 시스템을 중요시 |

좌뇌를 활용하여 체계적으로 사고하는 타입으로 데이터를 바탕으로 하는 일이 특기입니다. 논리와 질서를 좋아하며 그림이나 표 등을 활용하여 사물을 설명하는 것이 능숙하기 때문에 어떤 계획을 세워서 추진하거나 종합적인 계획의 책임자가 되기에 적합합니다.

전체를 보는 눈을 가지고 있지만, 지나치게 숲 전체를 보려고 하기 때문에 눈앞에 있는 나무 한 그루를 소중하게 여기는 사람을 무시하거나 숲의 아름다움이나 생명의 소중함에 대해서 이야기하는 사람을 감성적이라고 생각하기 쉽습니다. 자신과는 다른 측면을 보면서 살아가는 사람들의 의견도 존중한다면 사람들을 이끌어 나가는 데틀림없이 도움이 될 것입니다.

스타일이 다른
남편과 함께 하려면?

체크를 마친 뒤, "나는 C타입 같고, 남편은 B타입일지 모르겠다. 그런 경우에는 어떻게 하면 되지?"라고 생각한 분들도 계실 것입니다.

그렇다면 스타일별 대처법을 소개해보겠습니다. 여기서는 아내를 주체로 작성하였지만 남편의 입장에서 읽더라도 참고가 될 것입니다.

단, 이것을 읽기 전에 알아두셔야 할 것은 부부 각자의 스타일이 다르다는 것 자체는 나쁜 일이 아니라 오히려 가정에 폭넓은 사고를 가져다주는 장점이 될 수도 있다는 점입니다.

예를 들어서 두 분이 모두 예술가인 어느 부부의 경우, 세련된 집에 아름다운 그림이 걸려 있으며, 부인이 연습

하는 피아노 소리가 들려오는 멋진 가정인데 남편의 그림 그리는 섬세한 손과 피아노를 치는 부인의 소중한 손가락을 지키기 위해서 식사는 집에서 하지 않고 외식만을 한다고 들었습니다.

부부 두 분만 계시다면 그것도 좋을 것입니다. 하지만 만약 자녀가 태어난다면 일반적인 가정에서 맛볼 수 있는 식탁의 따뜻함은 가르쳐주기 어려울지도 모릅니다. 가정에 당연히 있어야 할 견실함이나 상식적인 부분이 결여되는 일이 생길 가능성이 높기 때문입니다.

이런 이야기를 들은 적도 있습니다. 부부가 모두 연구직에 종사하는 가정에, 격세유전(隔世遺傳)때문인지 예술가 스타일의 자녀가 태어났는데 부모님 두 분 모두가 자녀의 마음을 잘 이해할 수 없어서 고민을 했다고 합니다.

부부의 스타일이 다르다 하더라도 두 사람 사이에 대화가 있다면, 사람들 사이에는 여러 가지 사고방식이 있으며 보다 넓은 세계가 있다는 사실을 알 수 있는 좋은 기회를 얻게 될 것입니다.

만약 부부가 아주 비슷한 스타일이라면 두 사람의 세계를 더욱 넓히기 위해서 할아버지나 할머니, 친구나 이웃 등 주위의 다른 연배나 다른 상황에 있는 사람들과 적극적으로 사귀어 여러 가지 사고방식을 받아들일 수 있는 기회를 늘려가야 할 것입니다.

스타일별 대처방법

여기서 아내의 스타일에 따른 부부의 대화술에 대해서 알아보도록 하겠습니다.

아내가 A타입(느낌을 중요시)인 경우

예를 들어서 밤에 아이가 열이 날 때, 감정이 풍부한 A타입 아내라면 '가엾게도 얼굴이 벌겋게 상기되었네, 이밤에도 진료를 해주는 병원이 있을까?'라고 안절부절못하면서도 필사적으로 병원을 찾을 것입니다. 남편도 같은 A타입이라면 서둘러 차를 타고 병원으로 달려갈 것입니다.

그런데 이때 "38도 정도의 열은 그렇게 높은 것이 아니다. 내일 아침까지 기다렸다가 그래도 내리지 않는다면 그때 데려가도 된다."고 냉정하게 말하는 것이 B타입 남편입니다.

아내가 다시 "그런 식으로 말하다니 왜 그렇게 냉정해요? 애가 가엾지도 않아요?"라며 대들면 남편도 "그런 게 아니다. 당신이 지나치게 걱정을 하는 거다."라며 반론하게 되어 싸움이 일어나게 됩니다.

B타입 남편을 '차갑다'고 생각하기 쉽지만 가능한 한 생각을 바꿔서 "남편은 감정에 좌우되지 않고 이성적으로 판단을 한다."며 자신에게는 없는 장점을 가지고 있다는 사실을 인정해 주어야만 부부로서의 균형이 잡힙니다.

다음으로 남편이 C타입인 경우에는 전화를 들고 와서 "구급차를 부르면 빠르지 않을까?"라고 말하며 당신을 놀라게 할지도 모릅니다. 아이가 경기라도 일으켰다면 모르겠지만 열이 나는 정도로 그렇게 일을 크게 만들 필요는 없다고 생각하는 것이 일반적인 사람들의 생각이겠지만 C타입 남편에게는 그것이 통하질 않습니다.

건실한 A타입 아내가 보기에 꿈을 꾸고 있는 듯한 C타입 남편은 마치 줄이 끊어진 연처럼 보입니다. 하지만 너무 심하게 잔소리를 하면 '아내의 사고방식은 재미가 없다. 지나치게 현실적이고 꿈이 없다.'며 멀리하게 될지도 모릅니다. 때로는 남편의 자유로운 발상도 즐거운 것이라 생각하고 관용을 가지고 접해야만 원만한 가정을 이룰 수 있습니다.

D타입 남편은 의학사전을 펼쳐들고 "열이 나는 것은 몸이 바이러스를 죽이려고 할 때 일어나는 현상이기 때문에

억지로 열을 내리려고 하면 오히려 병이 더 오래가게 된다. 그러니 어떤 증상을 보이는지 좀 더 지켜보자."며 침착하게 조언을 해주는 타입입니다.

당신이 보기에 개인적인 감정보다는 종합적인 견해를 더 우선시하는 D타입 남편은 "훌륭하다고는 생각하지만 따라가기 어렵다."고 생각되는 상대입니다.

하지만 너무 어려워하지 말고 해야 할 말이 있을 때는 확실하게 자신의 의견을 말하도록 합시다. 사람들 간의 교제에서는 다른 사람의 마음을 잘 이해할 줄 아는 아내가 리드를 할 필요가 있습니다.

| 아내가 B타입(결과를 중요시)인 경우 |

현실적이며 논리적인 B타입은 여성에게는 드문 스타일로 남편에게 "믿음직한 아내"라는 인상을 줄 수 있는 유형입니다. B타입 아내가 확실하게 가계의 주도권을 쥐고 있다면 젊은 나이에 자신의 집을 장만하는 것도 실현 가능한 일입니다. 하지만 절약하여 돈을 모으려고 하는 아내에게 "사교 비용을 아끼라니 난 그럴 수 없어. 남자에게는 인간관계도 중요하다는 걸 알아줘."라며 울상을 짓는 유형이 바로 A타입 남편입니다.

그런 남편에게 "같이 술을 먹는다고 해서 무슨 득이 된다는 거죠?"라고 차갑게 말을 하면 "당신이 남자들 세계를 몰라서 그래!"라며 남편도 감정적으로 반론을 하게 마련입니다. 사람들 간의 교류를 소중하게 여기는 남편의 마음을 헤아려서 교제나 경조사에 드는 비용도 낭비가 아니라고 생각해야 가정의 등급도 올라갑니다.

남편도 같은 B타입인 경우 '집을 짓는다'는 공통의 목표를 갖게 된다면 서로 긴밀하게 협력할 수 있는 상대이지만, 두 사람 모두 분석하기를 좋아하고 지나치게 신중하기 때문에 '언제, 어떤 집을 지을 것인가?'라는 결단을 내리기 힘든 경향이 있습니다.

네 가지 타입 중에서 B타입 아내가 가장 이해하기 힘든 것은 "일본에서 집을 짓는다는 건 너무 힘든 일이다. 그보다는 외국의 리조트 휴양지에 있는 집을 사서 노후에는 거기서 살자."는 식으로 마음 편하게 말하는 C타입 남편입니다.

이처럼 비약적인 사고방식을 가지고 있는 C타입 남편과 언제나 확실한 성과가 나오는 일을 추구하는 B타입 아내와는 무슨 일에서나 서로 의견이 맞지 않는 결과를 낳기 쉽습니다. 하지만 그런 차이가 매력적으로 보이며, 자신의 부족한 점을 보충해준다고 느꼈던 적은 없으셨나요? 그런 일들을 생각하여 허용할 수 있는 범위 내에서 남편의 발상을 실현하는데 도움을 준다면 부부관계가 개선될 것입니다.

'저금한 돈으로 집을 짓기보다는 새로운 사업을 시작하는 데 들어가는 자금으로 쓰고 싶다.'는 식으로 커다란 꿈을 실현하려고 하는 D타입의 경우, 현실파인 아내로서는 "잠깐!"하면서 제동을 거는 경우가 많아질 수밖에 없습니다. 사장과 경리담당자 같은 관계가 되기 쉬운 두 사람의 관계이지만 남편이 계획을 세워서 가지고 왔을 때, 거기에 드는 비용을 함께 잘 검토해서 아내로서 이해할 수 있을 경우에는 내조를 잘 해준다면 남편은 감사하는 마음을 갖게 될 것입니다.

| 아내가 C타입(창의력을 중요시)인 경우 |

창의력이 뛰어나고 발상이 자유로운 C타입은 미래에 대한 꿈과 희망을 소중하게 생각하며 살아가려고 합니다. 예를 들어서 이런 타입의 아내는 TV의 외국어 강좌를 보면서 "여보, 나 지금부터 독학으로 이탈리아어를 공부해서 익숙해지면 이탈리아로 여행을 갈 거예요."라며 남편에게 진지하게 말하는 것처럼 자유분방한 면이 있습니다.

그럴 때 "그게 가능하다고 생각해? 꿈 그만 꾸고 얼른 저녁 준비나 해줘."라며 아예 상대도 하지 않으려고 하는 것이 A타입 남편입니다.

아내는 "정말 재미없는 사람이야. 언제나 현실만 있고 꿈이 없어."라고 남편을 비난하고 싶을 것입니다. 그러나 바로 이런 남편의 견실한 면 때문에 안정적으로 생활할 수 있는 것이라고 남편의 장점을 인정하고 칭찬하는 것이 좋습니다. 그렇게 하는 것이 결과적으로 자신의 꿈을 실현하는 데 도움이 됩니다.

한편, "그렇게 간단하게 외국어를 익힐 수 있을 것 같아? 그리고 여행에 드는 비용은 누가 얼마나 내지?"라며 딱딱한 의견을 내놓는 것은 B타입 남편입니다.

아내가 무엇을 하려고 할 때마다 '돌다리도 두드려보고 건너라'는 말만 하는 B타입 남편을 '잔소리가 심하고 차가운 사람'이라며 싸움으로까지 발전하는 경우도 많은 것이 이런 타입의 부부들입니다. 서로를 이해하려면 모두의 노력이 필요하겠지만 현실적인 남편의 의견은 재고해 볼 가치가 있는 것이 아닐까요? 말을 할 때의 분위기보다는 말의 내용을 잘 음미해보시기 바랍니다.

같은 C타입이 부부가 되면 독특하고 밝은 가정을 이룰 수 있습니다. 단, 상식이 부족한 면도 있기 때문에 주위 사람들의 의견에 가만히 귀를 기울이도록 합니다.

아내의 발상을 부정하지는 않지만, "외국어를 배울 거면 학원에 다니면서 회화를 해야지 안 그러면 도움이 안 돼. 어떤 학원이 있는지는 내가 알아볼 테니 학원비는 당신이 알아서 하도록 해."라고 냉정한 의견을 내는 것이 D타입 남편입니다.

언제나 떠오르는 생각을 바로 말해 버리는 당신을 보고 있으면 D타입 남편은 "확실한 근거나 계획은 있는 거야?"라며 확인을 해보고 싶어합니다. 어떤 일을 하려고 할 때는 기지가 뛰어난 아내는 비전을 제시하고, 논리적인 남편이 그 실현을 위한 길을 가르쳐주는 식으로 분업을 하면 좋습니다.

| 아내가 D타입(시스템을 중요시)인 경우 |

논리정연하고 종합적으로 사물을 생각하는 D타입 아내는 직장이나 가정에서 모두 믿음직한 존재입니다. 예를 들어서 육아도 "이 아이의 재능을 키우기 위해서는 이런 학교나 교육이 좋지 않을까?"라는 가설을 세우고 꼼꼼하

게 정보를 수집하여 접근합니다.

하지만 그런 아내에게 "나도 그랬지만 어렸을 때는 동네 친구들과 함께 뛰어노는 것이 가장 좋아. 멀리 있는 학교에 다니게 하면서까지 공부만 시킨다면 애가 가엾지 않아?"라며 조금 감정적인 의견을 내는 것이 A타입 남편입니다. 아내의 입장에서 보자면 남편은 너무 정에 치우쳐 있으며, "눈앞의 일보다는 미래를 생각하기 바란다."고 말하고 싶은 경우가 많습니다.

하지만 경험주의자인 A타입에게 "좀 더 크게 생각하세요."라고 말한다면 그것은 장점을 없애버리라고 말하는 것과 같은 말입니다. 그보다는 자칫 자신이 간과하기 쉬운 사람의 감정을 가르쳐주는 소중한 상대라고 생각하는 편이 좋습니다. 남편의 견해를 받아들일 수 있도록 궁리해보십시오.

"시험을 봤다가 떨어지느니 차라리 처음부터 공립에 보내는 게 낫지 않겠어?"라며 신중론을 펼치는 것은 B타입 남편이 대부분이라고 말할 수 있습니다. 아내가 무엇을 제안해도 "말은 그렇게 하지만 실제로는 힘들다."며 움직이려 들지 않는 이 남편에게 정나미가 떨어지며 화가 나는 경우도 있겠지요.

하지만 관점을 바꿔서 B타입 남편의 현실감각을 신뢰하고 무슨 일을 할 때는 작은 일부터 시작하여 결과를 낼 수 있도록 노력하면 부부가 쉽게 협력할 수 있습니다. 어떤 일을 결정할 때에는 둘이서 잘 이야기하고 검토하는 습관을 들이도록 합니다.

"좋은 학교와 같은 작은 목표는 아무래도 좋아. 우주비행사가 된다든지, 아이들이 좀 더 큰 꿈을 가졌으면 좋겠어."

이런 꿈과 같은 이야기를 하는 것은 C타입 남편입니다.

부부가 모두 창조성이 풍부하지만 C타입은 기지를 중시하는데 비해서 D타입은 논리를 중시한다는 차이가 있습니다. D타입 아내가 제아무리 자기 계획의 뛰어난 점을 이야기해도 남편은 "뭔가 좀 부족한 거 같아."라며 일축해 버리는 경우도 많습니다. 그런 남편에 대해서 '무책임하다'며 화를 내지 말고 남편의 예민한 감정을 존중하여 방향을 조금 수정해보는 것도 좋을 것입니다.

남편이 같은 D타입이라면 상당한 정보를 소유한 부부가 될 것입니다. 무엇을 하든지 간에 둘이서 검토하여 논리적인 결론은 내릴 수 있는 부부이지만 자녀 교육에서는 아이 자신의 기분이나 의견을 소중히 여기도록 주의를 해야만 좋은 결과를 얻을 수 있습니다.

스타일이 다른 파트너와 함께 하기 위한 기본이 되는 것은 서로 상대방의 장점을 이해하고 가능한 한 그것에 맞춰나가도록 최선의 노력을 다해야 한다는 것입니다. 자신에게 부족한 점을 배우고 진심으로 그것을 메워나가는 과정이라고 하겠습니다. 그것은 바로 그런 상대와 결혼을 했기 때문에 가능한 공부입니다.

하지만 공부란 귀찮아서 싫다고 생각하는 분도 틀림없이 있습니다.

사실은 저도 "이미 학교를 졸업했는데 공부를 더 할 필요가 어디 있어?"라고 생각했던 적이 있습니다. 초등학교에서는 읽고 쓰고 계산하는 법을, 중 고등학교에서는 사고에 대한 공부를, 대학교에서는 지식을 머릿속에 가득 채웠는데 평생교육이다 뭐다 하면서 무엇 때문에 공부를 계속해야 하는지 알 수 없었습니다.

하지만 어른이 되어 결혼을 하고 아이가 태어나고……상황이 바뀔 때마다 지금까지 모르고 지내왔던 사실들을 새로이 배우지 않으면 인생이 원활하게 흘러가지 못한다는 것을 깨닫게 됩니다. 그것은 다른 누구를 위한 것도 아닌 바로 자신을 위한 공부입니다. 공부란 자신의 부족한 점을 진심으로 보충해나가는 일이니까요.

더 많이 알면 알수록 여러 가지 일들의 멋진 점을 깨닫게 되고 소중한 상대를 점점 더 이해할 수 있게 된다고 생각되었을 때, '아, 평생 공부를 해야 하는구나!'라고 진심으로 느끼게 됩니다.

부부간의 만족도 체크

부부간의 대화를 생각할 때, 얼마나 많은 기회를 갖고 말을 주고받느냐 하는 '양'도 중요하지만 그것보다도 더 중요한 것은 그 대화에 부부가 얼마나 만족하고 있는가 하는 '질'의 문제입니다.

예를 들어서 다음과 같은 질문을 받는다면 당신은 어떻게 대답하시겠습니까?

"다시 태어나도 지금의 남편, 아내와 다시 결혼하겠습니까?"

"물론 지금의 아내(남편)와 결혼하고 싶습니다."라고 대답할 수 있는 분은 최고로 행복하신 분입니다. 하지만 제아무리 멋지게 보이는 남편, 아내라 해도 상대가 반드시 만족하고 있다고 장담할 수 없는 점이 바로 결혼생활

대화의 질

의 어려운 점입니다.

"부부가 얼마나 만족하고 있는지 겉으로 봐서는 알 수 없는 일이다."라는 점을 깊게 느끼게 했던 부부와 만난 적이 있습니다

남편은 집안도 좋았으며 일도 성공을 거둔 훌륭한 분입니다. 일 때문에 알고 지내던 한 재산가의 아름다운 따님과 결혼하여 원만하게 생활하고 있는 것처럼 보였습니다. 그런데 그 남편과 만나서 이야기를 듣고 있자니 온통 아내를 비난하는 말들뿐이었습니다.

"처가댁에서 제 집사람을 새장 속의 새처럼 너무 애지

중지하며 키웠어요. 세상물정은 아무것도 모르고 너무 느긋해요. 몇 번을 말해도 식탁에 젓가락 받침 놓는 것을 잊어버리질 않나, 선물이 와도 감사편지 한 장 제대로 못 써요. 또 일 때문에 사람이 찾아와도 인사도 하지 않고 자리를 떠버려요. 백 년에 한 번 나올까 말까한 실패작이라고 할 수 있을 겁니다."

그렇게 말하는 남편도 안 됐다는 생각이 들었지만, 무슨 일이나 요구하는 수준이 높은 남편에게 야단을 맞아야 하는 부인도 정말 힘들겠구나 하는 생각이 들었습니다.

이 부부의 경우는 극단적인 예가 되겠지만, 부부생활을 하다보면 자신도 모르게 남편이나 부인에게 불만을 품게 되는데 이것은 아주 당연한 일입니다. 이런 점이 평소 부부대화에 대한 만족도에도 영향을 줍니다.

그렇다면 당신은 지금 자신의 부부관계에 대해서 어떻게 생각하고 계십니까? 다음에 제시하는 체크표로 확인해 보시기 바랍니다.

남성은 〈남편 편〉, 여성은 〈아내 편〉을 보고 '나도 그렇다'고 생각되는 항목을 몇 개라도 좋으니 골라보시기 바랍니다. 또한 상대방의 만족도를 알고 싶으신 분들은 은근히 물어보거나, 평소의 말과 행동을 통해서 이렇게 생각

하고 있을 것이라고 생각되는 항목을 체크해보시기 바랍
니다.

남편 편

- ☐ 집에 돌아오면 어쨌든 마음이 놓인다.
- ☐ '나이를 먹으면 이렇게 살고 싶다.'고 생각하고 있는 부부의 모습이 있다.
- ☐ 좋은 레스토랑이나 술집을 보면 아내도 함께 데려오고 싶다.
- ☐ 내가 보기에도 아이가 잘 자라고 있다.
- ☐ 아내와 함께 식사를 하는 것이 즐겁다.
- ☐ 아내는 내 건강을 위해서 여러 가지로 신경을 쓴다.
- ☐ 아내가 내 취미를 잘 이해해주고 있다.
- ☐ 경조사는 아내에게 맡기면 안심이다.
- ☐ 내가 궁지에 몰리더라도 아내만은 나를 지지하고 격려해줄 것이다.
- ☐ 섹스도 아내와의 소중한 연결고리다.

아내 편

- ☐ 남편에게는 고쳐줬으면 하는 버릇이나 행동이 있다.
- ☐ 남편이 지방으로 전근해도 함께 따라가고 싶은 생각은 없다.
- ☐ 시댁에는 일 년에 한 번 정도 찾아간다.

- □ 남편은 살림살이에 대해서 말이 많은 편이다.
- □ 남편은 언제나 내 마음을 알아주지 못한다.
- □ 이혼했을 때를 생각해서 직업을 가져야겠다고 생각한다.
- □ 내가 병이 들어도 남편이 간병을 해주지 않을 것 같아 걱정이다.
- □ 남편이 바람을 피운 적이 있거나 혹은 있을지도 모른다.
- □ 특별히 두 사람이 함께 달성한 일이 없다.
- □ 남편과의 섹스를 생각하면 마음이 무거워진다.

자, 어떠셨습니까?

남편 편은 긍정적 사고를 체크하도록 되어 있습니다. 즉, 당신이 남성으로 이 10가지 항목 중에서 공감하는 것이 한 가지라도 있었다면 상당히 만족스러운 부부생활을 하고 있다고 생각하셔도 좋습니다.

그리고 그런 생활을 지탱해주는 아내에게 다시 한 번 감사의 마음을 갖도록 하십시오.

조금 부끄럽더라도 그것이 진심이라면 "집에 오면 마음이 놓인단 말이야.", "당신이 곁에 있어줘서 마음 놓고 일할 수도 있고 사람과의 관계도 맡길 수 있어서 아주 기뻐."라고 아내에게 말로 직접 전달해보십시오. 아내에게는 그것이 무엇보다도 값지고 참된 선물이 될 것입니다.

나는 부부생활에서 무엇보다도 중요한 것은 서로를 배려하는 마음이라고 생각합니다. 아내를 지탱해주고 힘이 나도록 해주는 것은 바로 남편의 다정한 말입니다. 칭찬은 상대방의 '마음의 양식'이 된다는 사실을 잘 알아두시기 바랍니다.

또한 당신이 여성으로 아내의 입장에서 남편 편을 체크한 경우, 이 중에서 하나라도 '남편은 틀림없이 이렇게 생각할 것이다.'라고 생각되는 것이 있다면 그런 남편에게 두 눈 딱 감고 백 점 만점을 주시기 바랍니다.

그것은 부부간의 커뮤니케이션이 원만하게 이루어지고 있다는 증거이기 때문입니다.

그리고 남편에게 뿐만 아니라 아내인 당신 자신에게도 백 점 만점을 주시기 바랍니다. 당신이 매일 노력하고 있다는 사실을 누구보다도 소중한 존재인 남편이 알아주는 것입니다. 이렇게 멋진 일이 또 어디 있겠습니까? 이런 자신감을 갖게 된다면 행복한 가정 만들기에 더욱 더 힘을 쏟을 수 있게 되지 않을까요?

한편, 아내 편을 체크한 여성 중에 남편에게 그다지 불만은 없었다고 생각했는데 막상 체크를 해보니 일치하는

항목이 상당 부분 있어서 그런 자신의 마음에 놀란 분이
계실 것입니다.

하지만 괜찮습니다. 아내 편에는 부정적인 것들만 늘어
놓았는데, 왜 이런 질문을 했냐면 아내로서 남편의 어떤
점에 불만을 느끼고 있는지 구체적으로 아는 것이 중요하
기 때문입니다. 물론 체크한 항목의 수가 적을수록 좋지
만, 이 중에서 단 하나라도 심각하게 고민하는 항목이 있
다면 틀림없이 부부생활에 커다란 영향을 줄 것이니 숫자
가 적다고 해서 안심해서는 안 됩니다.

여기에서는 남편 편, 아내 편으로 나눠서 생각을 해보았지만 때로는 입장을 바꿔서 다음과 같이 상대방의 기분을 생각해보시기 바랍니다.

'만약 내가 남편이었다면 우리 집에 돌아와서 편안함을 느낄 수 있을까?'

'아내의 입장에서 생각해보면, 나는 전근을 당연하게 생각하지만 아내에게는 상당히 고민스러운 일이 될지도 몰라.'

상대의 어떤 점에 불만을 느끼고 있는지 알게 되면 그에 대한 대처법도 발견할 수 있습니다. 그저 막연하게 상대에게 불만을 느끼고 있을 때보다 더욱 적극적인 태도를 취할수 있습니다.

다음으로 아내 편의 각 항목을 바탕으로 평소 품고 있는 불만을 만족으로 바꿀 수 있는 대화술에 대해서 생각해보도록 하겠습니다.

불만을 만족으로
바꾸기 위한 힌트

☐ 남편에게 고쳤으면 하는 버릇이나 행동이 있다

원래 부부는 완전히 타인이었습니다. 따라서 사소한 생활습관이나 서로의 성격에 차이가 있습니다.

예를 들어서 어떤 부인은 "남편은 치약을 짤때 언제나 뚜껑에 가까운 쪽을 눌러 짠다. 그것이 싫다."라고 말합니다. 다른 사람의 입장에서 보자면 '그런 사소한 일 가지고'라고 생각하기 쉽지만 생리적인 혐오감이라는 것은 머리로 제아무리 생각한다 하더라도 참을 수 없습니다.

하지만 문제는 남편이 그런 버릇을 가지고 있다는 사실이 아니라, 아내가 그러한 불만을 말로 표현하여 남편에게 전달하지 않는다는 사실에 있는 것이라고 생각합니다. 작은 불만이라도 참고 있는 동안 마음속에서 점점 커져서 어떤 일을 계기로 폭발하는 경우가 있기 때문입니다.

한 번 용기를 내서 "미안하지만 도저히 참을 수가 없어서 하는 말이에요. 나 당신이 이렇게 행동을 하는 게 싫어요. 다른 방법으로 해주실 수 없어요? 들어주셔서 감사해요."라고 확실하게 말해보십시오.

☐ 남편이 지방으로 전근해도 따라가고 싶은 생각이 없다

자신의 마음을 되돌아보아 어째서 함께 가고 싶지 않은 것인지, 남편을 피하고 있는 이유가 무엇인지를 알면 해결할 수 있는 문제입니다.

예를 들어서 남편이 잔소리가 심한 사람인데 친구도 없는 낯선 땅에서 남편의 잔소리를 들으면서 살기는 싫다거나, 혹은 남편이 의존적인 사람이라서 낯선 땅에 가면 내게 더욱 의지를 할 것이 틀림없다거나 구체적인 이유를 찾아보시기 바랍니다. 그런 다음에 '만약 떨어져 있는 동안에 남편이나 내가 사고라도 당해서 죽게 된다면?'이라고 상상해보십시오.

'그런 불길한 일을?'이라고 생각할지도 모르겠지만 내일 무슨 일이 일어날지는 아무도 모릅니다. '두 번 다시 남편을 만날 수 없을지도 모른다.'고 생각을 해봐도 따라가고 싶은 마음이 생기지 않는다면 그것은 여러 가지 일들이 겹쳐서 혐오감이 깊어져 있기 때문입니다. 하지만 그렇지 않다면 자신의 솔직한 마음을 말로 표현하여 전달하고 상대방의 말도 들어보면서 서로 이야기를 나눠보시기 바랍니다.

시댁에는 일 년에 한 번 정도 찾아간다

찾아가기가 싫은 시댁도 있는 것은 사실입니다. 심하게 결혼을 반대했거나, 잔소리가 심한 시어머니나 시누이가 있는 것처럼 각자 나름대로의 불만이 있는 경우도 많습니다. 하지만 가능하다면, 자신이 '남편의 입장이라면 어떻게 생각할까'를 고려해보기 바랍니다. 아내가 시댁과 사이가 좋지 않아 제대로 찾아가지도 않는다는 사실이 부담으로 작용하지는 않을까요?

또 시댁에는 불만이 있더라도 남편은 사랑하고 있다면 그런 남편을 낳아 길러주신 분들인데 함부로 대해도 되는 것일까? 라고 생각해보시기 바랍니다. 당신은 대하기 어려운 시부모이지만 손자인 아이를 귀여워한다거나, 그 외에도 찾아보면 좋은 점이 어딘가에는 있을 것입니다. 하루라도 빨리 그런 점을 찾아내어 연기라도 괜찮으니까 즐거운 분위기를 만들어내는 것이 기본이라고 생각합니다.

단, 떨어져 살고 있기 때문에 시댁을 찾아뵙는 횟수는 적지만 그 대신에 자주 전화를 걸어 대화를 나누다보면 문제는 적어질 것입니다. 결국은 서로 마음이 통할 수 있도록 노력을 하고 있는지가 중요합니다.

남편은 살림살이에 대해서 말이 많다

아내에게 경제적으로 자유롭지 못하다는 것은 상당히 스트레스가 쌓이는 일입니다.

하지만 주부로서 필요하다고 생각되는 것은 당당하게 남편에게 이야기해 보십시오. 남편이 숫자에 민감한 사람이라면 역시 숫자로 보여주는 것이 가장 효과적입니다. 가계부를 꼼꼼하게 기록해서 보여주어서 절약하고 있다는 사실을 깨닫게 해 줍니다. 그런 다음에 구체적으로 바라는 것을 말로 전달하면 귀를 기울여주지 않을까요?

남편은 언제나 내 마음을 알아주지 못 한다

역설적으로 들릴지도 모르겠지만 남편이 자신의 마음을 알아주기 바란다면 우선 당신이 먼저 남편의 마음을 이해하도록 노력하십시오. 남편의 말이나 행동 하나 하나에서부터 남편의 마음까지를 받아들여 주십시오.

왜냐하면 사람이란 자신의 마음을 알아주는 사람의 말이라면 무엇이든 들어주며 또 그 사람의 마음도 받아주고 싶어하는 존재이기 때문입니다.

누구라도 자신을 알아주는 사람이라고 생각된다면 그 상대방에게 호감을 느끼는 것은 당연한 일이며, 호감을 가지고 있는 사람의 이야기는 듣고 싶어지는 법입니다. 반대로 언제나 자신을 무시하는 사람은 싫어하게 되며, 싫어하는 사람의 말은 들어주고 싶은 마음이 생기지 않는 법입니다 자신이 먼저 마음을 열어서 남편과 대화할 기회를 좀 더 늘려보시지 않겠습니까?

☐ 이혼했을 때를 생각해서 직업을 갖는다
☐ 내가 병에 걸리면 간병을 해줄까?

이 두 가지는 아내와 남편의 자립에 관한 내용입니다. 이혼문제는 별개로 치더라도 아내가 자신의 일을 갖는다는 것은 오늘날의 사회변화에도 맞을 뿐만 아니라 일에 대한 책임감을 알게 되어 남편을 이해한다는 측면에서 도움이 됩니다. 또 남편에게는 "만약 내게 무슨 일이 생겼을 때 필요할 테니까."라고 설득하여 집안일을 배우게 한다면 이것 역시 남편의 자립에 도움이 될 것입니다. 서로가 정신적으로 자립함으로써 두 사람의 관계에도 변화가 생길 가능성이 있습니다.

☐ 남편이 바람을 피운 적이 있거나 혹은 있을지도 모른다

배우자가 바람을 피운 적이 있는 분들의 이야기를 들어보면 "평생 용서할 수 없다.", "남은 생애 동안 계속해서 보상을 받고 싶다."고 말합니다. 그렇기 때문에 아주 어려운 일이겠지만 그래도 용서해줄 수밖에 없는 것이 아닐까요? 상대를 용서한다는 것은, 결국 자신이 용서받는다는 것입니다. 반대로 상대를 궁지로 몰아가면 반드시 자신도 궁지에 몰리게 됩니다

직업적으로 상담을 하다 보니 바람을 피우고 있는 남성과 상담하는 경우도 있습니다. 그런데 바람을 피우는 쪽에도 "아내가 차갑다.", "흐트러진 머리로 아이들만 상대하고 자신은 완전히 잊혀진 존재가 되어버렸다."는 등 나름대로의 이유가 있습니다.

만약 바람을 피운 남편이라 할지라도 아내에게 다시 한번 시작해볼 마음이 있다면, "남편이 그만큼 매력이 있기 때문이고, 나한테도 잘못된 점이 있을지 모른다."라고 마

음을 고쳐먹고 지나간 일은 잊도록 하는 것이 어떻겠습니까?

그리고 한 가지 마음에 걸리는 것은, 확실하게 바람을 피웠다는 증거가 없는데도 '남편은 바람을 피우고 있을지도 모른다.'고 생각하는 경우입니다. 이런 여성 중에는 '나는 미인도 아니고, 아무런 능력도 없다.'며 자신의 매력을 부정하는 분들이 많습니다. 자신을 비하하지 말고 좀 더 자신감을 가지고 자신의 매력을 키워나간다면 그런 의심에 사로잡히는 일도 적어지게 될 것입니다. 남편을 용서하거나 자신의 매력을 키워나가기 위해서는 아내가 당당한 태도를 보이는 것이 중요합니다. 그리고 남편과 대화를 할 때는 긍정적인 말을 사용하도록 하시기 바랍니다.

☐ 특별히 두 사람이 함께 달성한 일이 없다

집을 짓거나, 아이를 키우거나, 가게나 회사를 운영해서 성공을 거두는 등 부부가 함께 손을 잡고 열심히 노력해서 달성한 것들이 눈에 보이는 형태로 존재한다면 그분들은 틀림없이 행복하게 보입니다. 그렇다면 눈에 보이는 형태로 그런 것이 존재하지 않는다면 불행한 것일까요? 결코 그렇지는 않습니다.

눈에 보이지 않더라도 두 사람 사이에 섬세한 애정이 자라고 있거나, 아직 형태를 갖추지는 못했지만 공통되는 꿈이나 목표를 품고 있다면 그것이 내면의 행복으로 이끌어줄 것입니다.

성공이나 실패라는 것은 남들이 제 마음대로 정하는 것이지만, 행복한가 불행한가를 정하는 것은 자기 자신뿐이기 때문입니다. 타인에게 행복하게 보이기 위해서 고심하기보다는 자신이 가지고 있는 것, 자신이 할 수 있는 일, 자신이 서 있는 장소를 소중하게 생각하고 마음을 담아서 살아가는 것이 훨씬 더 행복한 일이 아닐까요?

남편과의 대화는 그러한 내면세계를 확인할 수 있는 기회를 더욱 많이 가질 수 있도록 해줄 것입니다.

남편과의 섹스를 생각하면 마음이 무거워진다

남편이 거부할지도 모른다는 두려움을 품고 있는 분, 자신이 남편에게 혐오감을 가지고 있거나 피곤해서 상대방의 요구에 조금도 응하고 싶은 마음이 없는 분 등 문제는 사람에 따라서 각각 다릅니다.

어쨌든 '이번에도 그 혐오스러운 기분을 다시 맛보는 것이 아닐까?'라는 생각이 마음을 어둡게 한다는 사실은 이유가 무엇이든 쓸쓸한 이야기입니다.

인간이지만 동물이기 때문에 삶의 의욕을 북돋우는데 섹스는 매우 중요한 요소입니다. 남자와 여자에게 섹스는 애정이라는 마음의 영양분과 스킨십이라는 육체의 영양분, 이 두 가지를 교환하는 중요한 행위입니다. 살아가는 데 필요한 이 영양교환이 제대로 이루어지기 위해서는 역시 평소 두 사람 사이의 대화가 중요한 요소로 작용합니다.

대화를 통해서 상대방이 자신을 원하지 않는 것은 애정이 없어져서가 아니라 병이나 일, 육아 등에 의한 피로 때문이라는 사실을 알게 된다면 그렇게 크게 고민하지 않게 됩니다. 또한 함께 살고 있는 부모님이나 여러 가지 스트레스 때문에 성욕을 느끼지 못하는 것이라면 두 사람이 함께 여행을 가는 등 환경을 바꿔볼 수도 있습니다.

마음과 몸의 영양분은 쌓아둘 수가 없습니다. 따라서 두 사람의 거리가 너무 떨어지지 않도록, 말과 몸으로 서로에게 기쁨을 줄 수 있도록 노력해보시기 바랍니다.

부부가 '서로를 용서하는 마음'을 갖자

내가 상담을 하고 있는 분들 중에는 "내가 큰 병을 앓았을 때 남편은 모든 것을 버려두고 오직 나만을 간호해주었다. 그래서 남편이 일자리를 잃고 괴로운 상황에 빠져 있는 지금, 그 은혜를 갚으려고 나 역시도 열심히 노력하고 있다."고 말씀하시는 부인도 계십니다. 이 부부가 상징적으로 보여주고 있는 것처럼 부부란 감사하는 마음에 의해서 성립되는 것이라고 생각합니다.

'이 만큼 해주면 이 만큼 갚겠다.'는 거래가 아니라, '그때 다정하게 대해주었다. 그러니 이번에는 내가 다정하게 대해야겠다.'와 같은 마음, 즉 상대방의 다정함이나 배려하는 마음에 대한 감사의 마음이 부부의 유대관계를 더욱 튼튼하게 해주고 있는 것입니다.

배려하는 마음으로

이 부부의 경우 병과 실업이라는 곤란이 오히려 두 사람을 더욱 강하게 묶어주는 역할을 하고 있습니다.

여러분은 보통 살아가며 곤란한 경우에 처하지 않으면 좋다고 생각하실 것입니다. 하지만 행복한 사람과 불행한 사람의 차이점은 어떤 어려움이 닥쳤을 때를 보면 압니다. 원래는 더 어려운 일이 일어날 상황이었는데 그 보다 가벼운 어려움에 그쳤으니 '고맙다'고 생각하는 사람은 행복할 것이고, '힘들다.' 즉 '왜 이런 일이?'라며 불평을 하는 경우는 불행할 것입니다.

예를 들어서 지금처럼 불안정한 세상, 실직은 아니지만

남편의 수당이나 보너스가 줄어 수입이 줄어든 가정이 많을 것입니다. 그럴 때 아내가 "수당이 줄기는 했지만 그것도 나쁘지는 않죠. 어떻게 꾸려나갈지는 내가 생각할게요. 당신은 피로가 쌓여 있을 테니 가끔은 기분전환도 할 겸 낚시라도 다니세요."라고 말하는 경우와, "어쩌라는 거예요? 지금부터 아이에게도 돈이 많이 들어갈텐데. 수입이 줄면 어떻게 살라는 거예요?"라고 말하는 경우, 남편의 기분은 물론이고 둘 사이 관계도 상당히 달라질 것이라고 생각하지 않으십니까? 문제는 어떻게 받아들이느냐 하는 점입니다.

여성도 그렇지만, 강하다고 생각되는 남성도 역시 괴로울 때에는 아내에게 격려를 받고 싶어집니다. 자신이 가장 어려운 상황에 빠졌을 때 상대방이 부드러운 말로 용기를 준다면 그 어려움에 대한 경험은 결과와는 상관없이 부부의 유대관계를 더욱 강하게 해줄 것입니다.

상대에 대해서 불평을 하기보다는 상대를 용서하고, 상대가 존재한다는 사실을 고맙게 생각하는 마음이 두 사람의 유대관계를 훨씬 더 강하게 해줍니다

'바람직한 부부'로 만들어주는
마법의 대화술

'내 메시지'를 활용하자

자신의 생각을 확실한 형태로 남편이나 아내에게 전달하고 싶다. 이런 생각이 들었을 때 사용할 수 있는 효과적인 대화술이 있습니다.

그것은 '내 메시지'라는 화법인데, 다음에 제시하는 여섯 가지 포인트를 고려한 대화법입니다.

❶ '나는'을 주어로 사용한다.

❷ 지금의 상황·사실을 충실하게 전달한다.

❸ 그것에 의한 영향에는 어떤 것이 있는지 구체적으로 말한다.

❹ 자신의 진심(지금의 마음, 좋고 싫음, 소망 등)을 말한다.

❺ 당신은 어떻게 생각하는가를 물어 상대방의 기분을 존중한다.

⑥ 내 말을 들어주어 고맙다는 감사의 말을 전한다.

'내 메시지'는 여러 가지 상황에 적용할 수 있는 어떤 의미에서는 마법과도 같은 대화술입니다.

사실은 나도 이 화법을 자주 사용하고 있습니다. 예를 들어서 전철 안에서 젊은 여성이 화장을 시작하거나, 휴대전화로 실례를 범하거나, 앉아 있는 내 눈앞에 배꼽을 내밀고 서 있을 경우 나는 그 여성이 전철에서 내릴 때 작은 목소리로 다음과 같이 전달합니다.

❶ 나는 (주어)

❷ 당신이 만원전철 안에서 화장을 하고 있으면 (사실)

❸ 별로 보고 싶지 않은 모습을 봐야하기 때문에 기분이 좋지 않아요. (영향)

❹ 당신처럼 멋진 여성이 그런 품위 없는 행동을 하다니 정말 안타까워요 TPO(시간, 장소, 경우 – 역자 주)를 생각해주기 바래요. (진심)

❺ 당신은 어떻게 생각해요? (질문)

❻ 들어줘서 고마워요. (감사)

그러면 처음 보는 사람에게 야단을 맞았지만, 그 여성은 반드시 "죄송합니다. 감사합니다."라고 대답을 합니다. 틀림없이 원래는 착한 아가씨들로 자신의 행동이 상대방에게 그렇게까지 부담을 주는지 정말로 모르고 있었던 것입니다. 그리고 이런 주의를 받고서야 비로소 깨닫게 된 것입니다.

이번에는 부부를 예로 생각해보도록 하겠습니다.

예를 들어서 남편이 집에 돌아왔을 때, 마침 싸움을 하고 있던 아이들을 보고 "시끄러워! 그렇게 시끄럽게 할 거면 밖에 나가서 해!"라고 소리를 질렀다고 합시다. 이럴 경우 아내는 "그렇게 큰소리 지르지 않아도 될 것을"이라고 생각하면서도 더 이상 일이 커지면 귀찮아진다는 생각에 불쾌감을 그대로 억눌러버릴지도 모르겠습니다. 혹은 반대로 "그만두세요. 당신이 더 시끄러워요."라고 되받아서 남편이 불 같이 화를 내게 되고 이번에는 부부싸움으로 옮아가게 되는 경우도 있을 것입니다.

내가 보기에는 양쪽 모두 옳지 못한 방법입니다.

이럴 때 '내 메시지'를 사용하여 이야기하면 의외로 원만하게 일이 풀립니다. 앞의 예문을 가지고 응용한다면 다음과 같이 말할 수 있습니다.

❶ 나는 (주어)

❷ 당신이 집에 오자마자 아이들에게 소리를 지르면 (사실)

❸ 나도 피곤하기 때문에 그렇게 큰소리를 들으면 아주 초조해

지고 화가 나요 (영향)

❹ 당신도 피곤하겠지만 더 이상 화를 낸다면 나 당신이 미워질

것 같아요. (진심)

❺ 당신은 어떻게 생각해요? (질문)

❻ 내 얘기를 들어줘서 고마워요 (감사)

틀림없이 다섯 번째 단계인 질문을 하면 남편으로부터 "당신은 그런 생각을 가지고 있었군.", "미안, 앞으로 조심할게.", "어쨌든 난 피곤하거든." 등 여러 가지 대답을 들을 수 있을 것입니다.

그래도 여섯 번째 단계인 감사의 말을 성의 있게 전달한다면 적어도 싸움으로 번지는 일은 없을 것이고 자신의 마음을 확실하게 전달했으니 아내의 마음에 남아 있는 앙금도 없을 것입니다.

여섯 번째 단계에서 감사의 말을 전하는 것은 상대방이

나를 위해서 시간을 내준 것에 대한 감사의 말입니다. 판매나 영업 일을 경험하신 분이라면 잘 아시겠지만 단 5분이라도 타인에게 자신의 말을 듣게 하는 것은 매우 어려운 일입니다. '당연히 들어야 한다.'는 마음을 가질 것이 아니라, '나를 위해서 시간을 내줘서 고맙다.'는 마음을 가지고 이 말을 해보시기 바랍니다.

남편이나 아내에게 진심을 전달하는 일을 두려워하고만 있으면 상대는 자신의 행동이 가족들에게 어떠한 영향을 미치는지 알 수 없습니다. 지금까지 진심을 말하기가 두려웠던 분, 좋지 않은 감정을 품게 될 것 같아 부부 사이에 대화를 피해왔던 분은 이 대화법을 익혀서 안심하고 대화해 보십시오. 그것이 진심을 담은 메시지일수록 상대방도 더욱 신중하게 받아들일 것입니다.

| 해서는 안 될 12가지 말 |

또한 상대방의 기분에 따라, 이런 말을 하면 대화가 거기서 중단되는 '해서는 안 될 12가지 말'이 있다는 사실도 알아두기 바랍니다.

다음의 내용을 보고 지금까지 서로 이런 말을 사용하지는 않았는지 잘 생각해보십시오.

❶ 이렇게 해라. 저렇게 해라.(명령 · 지시)

❷ 이렇게 해야 한다. 만약 그렇지 않으면……(협박 · 주의)

❸ 이렇게 해야 한다. 이건 당신 책임이다. (설교 · 훈계)

❹ 나라면 이렇게 하겠다. 왜 이렇게 하지 않는가?(제안 · 충고)

❺ 이런 점이 좋지 않다. 나는 이렇게 생각한다. (강의 · 논리)

❻ 당신은 아무 것도 모른다. 당신이 잘못 생각하고 있다. (비판 · 비난)

❼ 당신은 정말 대단하다. 그건 당신이 아니라 상대가 잘못한 것이다.(칭찬 · 동의)

❽ 그것도 못 해? 건방지다.(경멸 · 모욕)

❾ 당신의 이런 점이 나쁘다. 원래는 그럴 생각이 아니었지?(분석 · 해석)

❿ 걱정할 것 없다. 힘을 내야 한다.(동정 · 격려)

⓫ 왜 그랬어? 어쩔 생각이야? (심문 · 질문)

⓬ 그런 건 잊어버려. 뭐 상관없잖아. (상황 모면 · 농담)

다음으로 구체적인 예를 생각해봅시다.

예를 들어서 아내가 별 생각 없이 "이 방추운데요."라고 말했을 때의 남편의 대답에 대해서 생각해보도록 합시다. 남편이 이런 식으로 대답한다면 어떤 기분이 들겠습니까?

❶ 추우면 옷을 더 걸치고 와.(명령 · 지시)

❷ 그런 게 신경 쓰인다면 방에서 나가.(협박 · 주의)

❸ 에어컨을 너무 세게 틀었다. 전기를 낭비하지 않도록 좀 신경을 써.(설교 · 훈계)

❹ 옷을 겹쳐 입으면 추위 같은 건 느끼지도 못할 거야.(제안 · 충고)

❺ 햇빛이 안 들어와서 그래. 낮이 되면 따뜻해질 거야.(강의 · 논리)

❻ 벌써 겨울이 다가왔으니 당연한 일이지.(비판 · 비난)

❼ 아주 예민하신 분이시군.(칭찬 · 동의)

❽ 뭐가 춥다 그래? 당신은 너무 허약해.(경멸 · 모욕)

❾ 결국은 이 방이 싫다는 거야?(분석 · 해석)

❿ 가엾게.(동정 · 격려)

⓫ 추위를 많이 타는군. 저혈압이야?(심문 · 질문)

⓬ 마음이 차갑기 때문에 추운 거 아니야?(상황모면 · 농담)

남편이 이런 대답을 한다 하더라도 아내가 건강할 때라면 "알았어요. 알았어. 내가 잘못했어요."라며 맞받아칠 수 있을지도 모릅니다. 하지만 우울할 때나, 뭔가 걱정거리가 있을 때 이처럼 사람에게 상처를 주는 말을 듣게 되면 틀림없이 "무슨 일이 있어도 이 사람 앞에서는 내 느낌을 말하지 않겠다."고 생각합니다. 그렇게 된다면 제 아무리 부부간에 대화를 나누려고 해도 좀처럼 원만하게 이루어지지 않습니다.

'12가지 말'이 부부의 대화를 어렵게 만드는 이유는 무엇보다도 상대를 받아들이려고 하는 따뜻한 태도가 결여되어 있기 때문입니다.

그 점을 깨닫고 상대를 받아들여야겠다고 생각한다면 구체적으로 다음의 세 가지 원칙을 참고로 삼아보시기 바랍니다.

| 부부대화의 3원칙 |

1. 좋은 귀와 눈과 입을 갖는다

상대에게 무엇인가를 전달하려고 마음먹었다면 조급한 마음은 버리고 우선은 상대방의 말을 듣는 일부터 시작합시다. 제아무리 전달하고 싶은 메시지가 있다거나, 비록 그것이 상대방을 칭찬하려는 것이라 해도 상대방의 마음이 불만이나 불안으로 가득 차 있다면 상대는 그것을 받아들이지 않습니다. 앞 부분에서도 말한 바와 같이 유리컵에 물이 가득 차 있으면 그 이상 물을 부어도 안으로는 들어가지 않는 것과 같은 이치입니다. 우선은 상대방의 이야기를 듣고 거기에 담겨 있는 마음을 받아 들여주어 컵 안에 있는 물을 조금 덜어주는 것입니다. 그런 다음에 자신의 마음을 전달하도록 합시다.

그러기 위해서는 '좋은 귀와 눈과 입'을 갖는 것이 중요합니다.

사람은 자신을 알아주는 '좋은 사람'의 이야기라면 듣고 싶어합니다. 우선은 자신이 상대방의 마음을 잘 알아 주는 안테나가 달린 '좋은 귀'를 가진 사람이 되도록 합시다. 그것은 인내심이 강하지 않으면 불가능한 일이며, 인내력이 강한 사람은 부드러운 사람이라는 말이기도 합니다

그리고 부드러운 사람은 상대방을 볼 때도 좋은 점은 좋게 보고 나쁜 점은 눈을 감고 참을 수 있는 사람이 아닐까요? '부부는 한쪽 눈을 감고 보라.'는 말도 있습니다. 상대방에게 따뜻한 시선만 주는 사람이 '좋은 눈'을 가진 사람이라고 말할 수 있을 것입니다.

그리고 '좋은 귀'와 '좋은 눈'을 가진 사람이라면 상대에게 전달하는 말을 선택할 때도 부드럽고 배려하는 마음이 담긴 말을 선택할 줄 압니다. 이것이 '좋은 입'입니 다. 부부가 '좋은 대화'를 할 수 있느냐 하는 문제는 자신과 상대

방이 함께 납득할 수 있는 말을 할 수 있느냐 하는 문제에
달려 있습니다. 납득한다는 것은 매우 어려운 일이지만
바로 그것이 '좋은 대화'를 나누기 위한 기본입니다.

2. 시간과 장소와 생각을 바꿔보자

　부부의 만족도에 관한 항목에서도 말했지만 세계를 구
성하고 있는 것은 '시간과 장소와 생각'입니다. 대화를 하
려고 해도 적절한 시기를 잡지 못하거나, 갑자기 화가 나

서 제대로 말을 하지 못할 때 '시간과 장소와 생각' 중 하나를 바꿔보면 대화가 잘 풀리는 경우도 있습니다

예를 들면 편안한 시간과 장소를 만드는 방법은 여행이 있습니다. 예산이나 일정 때문에 기회를 만들지 못한다면 둘이서 조용하고 아름다운 공원을 산책하거나, 입에 맞는 술과 안주를 준비하는 것도 좋습니다. 이렇게 일상에서 벗어난 색다른 세계를 연출하는 방법은 여러 가지 많습니다. 한번쯤은 무대 연출가가 된 기분으로 시나리오를 생각하고, 연기력도 익혀서 진심을 전달할 수 있는 무대를 만들어보도록 합시다.

부부의 대화에는 연기력도 필요합니다. 부부의 진심에는 애정의 결과라고 할 수 있는 미움과 증오가 늘 따라다니기 때문입니다. 그렇게 '미운' 상대에게 부드럽게 말을 건네려고 해도 잘 되지 않습니다. 그럴 때는 몸과 마음을 따로따로 분리시켜서 이야기하는 연기가 도움이 됩니다.

마음 속으로는 밉다고 생각하면서 입으로는 "사랑해." 라고 말해도 좋습니다. 왜냐하면 지금은 연기라도 예전에는 진심으로 좋아서 결혼한 상대입니다. 지금은 여러 가지 문제들이 엇갈리면서 부부간의 애정이 숨어버린 것이기 때문입니다.

형식적으로라도 '생각'을 바꿔봄으로써 그런 상황도 바꿔보도록 하세요. 그렇게 하면 달을 가리고 있던 두꺼운 구름이 어느 사이엔가 흩어져버려서 달이 밤하늘을 밝게 비추는 것처럼 대화를 계속해 가는 동안 오해가 풀려 솔직한 기분을 말할 수 있습니다.

3. 유언하는 심정으로 말한다.

일반적으로 우리나라 사람들은 내성적이기 때문에 부부간에도 애정표현하기를 부끄러워하는 경향이 있습니다.

영화에서 볼 수 있는 미국 부부들처럼 매일 "사랑해."라고 말하며 가볍게 안을 수만 있다면 애정을 확인하기 아주 쉬울 것이라는 생각에 답답한 마음이 드는 적도 한두 번이 아닙니다. "유언하는 심정으로 말한다."고 하면 조금 과장되게 들릴지도 모르겠지만 "사랑해."라는 말처럼 부끄러워서 말을 하지 못하는 경우나, 풍파를 일으키기 싫어서 진심을 이야기하지 못할 때에는 '만약 내일 세상을 떠나야 한다면'이라고 생각해보시기 바랍니다.

하지 않아도 상관이 없는 말이라면 그대로 말을 하지 않아도 될 것입니다. 하지만 '이 말만은 무슨 일이 있어도 전달해두어야 한다.'고 생각되는 것이 있다면 용기를 내서 상대에게 그것을 전달해보도록 하십시오.

'언젠가'가 아니라 '지금'을 소중하게 생각하는 것으로 부부의 '앞날'은 틀림없이 바뀌게 될 것입니다.

'생활'의 장소와 '삶'의 장소

벌써 몇년 전의 일인데, 심리테스트를 하기 위해서 한 기업의 사원들과 이야기를 나눈 적이 있었습니다.

당시 내가 제시한 테마는 '만약 당신이 무일푼이 된다면 어떻게 하겠는가?'라는 것이었는데 "뭐 때문에 이런 일을 하느냐?"며 매우 화를 내는 분도 있었습니다. "우리에게 이런 일을 시키다니 너무 한 것 아니냐? 우리들은 무일푼이 되지 않기 위해서 일을 하고 있는 것이다!"라는 것이었습니다.

맞는 말일지도 모르겠습니다. 기업의 첨병으로 필사적으로 일을 하고 있는 분들에게는 가장 생각하기 싫은 상황을 제시한 것이니까요.

하지만 실업문제가 심각한 수준에까지 이른 지금의 상

황을 생각한다면 그것은 필요했던 설문이었다고 생각합
니다. 그 당시에도 이 문제를 진지하게 생각하신 분 중에
는 "비록 무일푼이 된다 하더라도 가장 소중한 것은 가족
이라는 사실을 깨달았습니다."라고 말씀하시며 눈물을 흘
린 분이 계셨습니다.

예전에는 기업연수 등에서 가정에 대한 이야기를 하면
"다카하시 씨, 회사에서 집안 문제를 다루는 이야기는 하
지 말아 주세요."라는 말을 듣곤 했습니다.

하지만 나는 "지금 무관심·무기력한 젊은이들이 늘어

나고 있습니다. 그런 젊은이들을 기르는 것이 가정이니 가정과 기업이 하나가 되지 않는다면 언젠가는 기업도 그렇게 될 것입니다."라고 일관되게 말을 해왔습니다.

최근 들어서 사회적으로 '가정이 있어야 기업도 있다.'는 사실을 인식하게 된 듯합니다. 기업의 연수담당자로부터도 "다카하시 씨, 가정에 대한 문제는 매우 중요한 것이니 꼭 얘기해주십시오."라는 말을 듣는 경우가 늘어나고 있습니다. 그러던 중에 어떤 기업의 연수를 마친 뒤 "실은 우리 아이도 지금 학교 가기를 거부하고 있습니다."라며 한 남성이 작게 건넨 말은 지금도 잊을 수가 없습니다.

인간의 활동에는, 사회생활이라는 장소에서 '생활'하는 것과 가정이라는 생명의 장소에서 '삶'을 영위하는 것 두 가지가 있으며, 이 두 가지 사이의 균형을 유지하는 것이 중요합니다.

물론 '생활'은 인간이 활동하는 데 있어서 반드시 필요합니다. 단, 생활에만 사로잡혀 있으면 자칫 사회적인 이해관계를 가정에까지 끌어들이기 쉬워집니다. 이것이 걱정입니다.

최근 '생활'하는 장소에서의 가치관을 그대로 가정에 적용시키는 경향이 늘어나면서 그것이 문제의 원인이 되는 경우를 많이 볼 수 있습니다. 가정을 직장과 마찬가지로 보아 관리 중심적이고 능률적으로 생산성을 높이려는 것인데, 그렇게 하면 가정이라는 '삶'의 장소의 메커니즘이 무너집니다.

가정 운영도 또한 하나의 커다란 사업입니다. 하지만 가정은 성과주의의 장소가 아닙니다. 가정이란 생명이 태어나고, 생명이 자라고, 생명의 힘이 키워지는 곳입니다. 자신이 갖고 있는 그대로의 모습으로 있을 수 없고 용서와 위로의 장소가 되지 못한다면 삶의 에너지는 솟아나지 않습니다. 그런 곳에 도움이 되는지 안 되는지, 이득인지 손해인지 하는 이익추구 개념을 지나치게 도입하면 그 삶의 에너지가 말라 결국 고갈되어 버립니다.

예를 들어서 도움이 되지 않는다고 해서 나이 드신 분을 소홀히 할 수 있습니까? 아이를 내버려 둘 수 있습니까? 이처럼 생명을 이어주는 존재가 있었기 때문에 지금 세대가 열심히 노력할 수 있는 것이며 미래에 대한 꿈을 가지고 일을 하고 있는 것 아니겠습니까?

가정에서는 낡은 걸레나 이가 빠진 대접도 모두 의미가 있으며 존재가치가 있습니다. 가정이란 아무 자격이 없이도 무조건 안심하고 살아갈 수 있는 세계입니다. 그리고 사회생활에서 사용하기 위한 에너지를 보급하는 원천지입니다. 이러한 가정이 제 기능을 잃게 된다면 생활의 장소인 기업도 결국에는 바로 서지 못하게 될 것입니다.

과거 고도 성장기에는 모두가 '생활'하는 쪽, 즉 여러 가지 방법으로 수익을 올리는 일에만 관심을 기울였습니다. 하지만 지금은 모든 사람들이 마음의 소중함을 다시 생각하게 되어 '삶'이라는 것을 진지하게 생각하게 되었습니다. 물건을 소중하게 생각하고 있는지, 아니면 마음을 소중하게 생각하고 있는지를 스스로에게 물어보는 사람들이 늘어나고 있습니다

그렇다면 지금 당신의 관심은 '생활'과 '삶' 중에서 어느 쪽에 쏠려 있습니까? 다음에 제시하는 항목을 체크해보고 자신의 마음에 가만히 물어보시기 바랍니다.

'생활파'인지 '삶파'인지를 체크

《마지막 잎새》로 유명한 미국의 작가 오 헨리의 단편 중에 〈크리스마스 선물〉이라는 소설이 있습니다.

젊고 금실이 좋은 부부인 델라와 짐, 하지만 두 사람의 생활은 궁핍했기 때문에 내일이 크리스마스인데도 아내 델라는 남편에게 선물을 사줄 돈이 없습니다.

그래서 델라는 자신의 보물인 아름다운 머리를 잘라다 팔아서 남편이 할아버지로부터 물려받은 금시계에 연결할 백금 시계줄을 샀습니다.

얼마 후 남편이 돌아와서 짧아진 그녀의 머리를 보고 깜짝 놀랍니다. 남편은 그녀의 아름다운 머리를 장식하기 위해서 소중한 금시계를 팔아 값비싼 장식용 빗을 사가지고 왔던 것이었습니다.

이런 일이 만약, 여성인 당신에게 일어난다면 어떤 느낌을 받겠습니까? 자신의 마음에 가장 가깝다고 생각되는 것을 다음의 예 중에서 한 가지 골라보시기 바랍니다.

❶ 자랑스러운 머리를 잘라버리다니 생각할 수도 없다. 여성은 아름다움을 간직하는 것이 남편에 대한 최대의 선물이 아닐까? 그리고 무엇보다도 나라면 그런 남성과는 결혼하지 않겠다. 경제력은 남성의 매력 중의 하나이다.

❷ 경제적으로 여유가 없다면 두 사람 모두 무리해서 선물을 할 필요는 없지 않은가? 그렇게 서로를 생각하고 있으니 선물이 없이도 둘이서 즐거운 크리스마스를 보낼 수 있지 않겠는가?

❸ 역시 자신이 돈을 벌지 못하는 여성은 슬프다. 델라도 머리를 팔지 말고 무엇인가 기술을 익혀 일을 해서 남편에게 선물을 사줄 수 있도록 했으면 좋았을 텐데.

❹ 만약 남편에게 이런 선물을 받는다면 기뻐서 눈물을 흘릴 것이다. 살아가는 데 있어서 중요한 것은 역시 배려하는 마음이니까. 도움이 되지 않는 선물이기 때문에 더욱 가치가 있는 것이라고 생각한다.

당신이 고른 것은 몇 번입니까?

여기서 말하는 '생활파'란 세상에서 성공하고 싶다는 사회적인 욕망이 강한 타입을 일컫습니다. 한편 '삶파'란 사회적인 것보다도 자신의 내면을 소중하게 생각하는, 물건보다도 마음에 관심이 있는 타입이라고 생각하십시오. 단, 어느 타입에 가까운가는 상황에 따라서 변하는 것이지 고정적인 것은 아닙니다.

1번을 선택한 분은, 현재의 관심이 '생활'에 기울어져 있는 듯합니다. 부부 관계에는 계약과 비슷한 면이 틀림없이 존재합니다. 하지만 때로는 주고받는 순서가 지켜지지 않을 때도 있습니다. 그러한 때라도 남편에게 다정함을 보일 수 있다면 멋진 부부가 될 수 있을 것입니다.

2번을 선택한 분은 '생활'에 공감을 하고 있는 듯합니다. 하지만 '삶'과 '생활' 모두가 소중한 것입니다. 부부가 맛있는 식사나 선물이 주는 즐거움을 함께 맛봄으로써 살아가는 기쁨이 더욱 늘어나게 된다는 사실을 잊지 마시기 바랍니다.

3번을 선택한 분은, 현재는 '생활'에 강한 관심을 보이고 있지만 '삶'과의 균형을 잡기 위해서 노력하고 있는 상황일지도 모르겠습니다. 상승지향성이 강한 사람처럼 보이는데 현재 '자신이나 가족이 무리하고 있다.'는 생각이

든다면 그것은 '생활'로 조금 기울어져 있다는 뜻입니다. 균형을 바로잡을 수 있으면 좋습니다.

4번을 선택한 분의 관심은 지금 '삶'으로 기울어져 있습니다. 자신 속에서 '삶'의 장소에 에너지가 부족하다고 경고하는 무엇인가가 있을 가능성이 높습니다. 부부가 각자일 때문에 바쁜 상황이 계속 되고 있다면 조금 여유를 가질 수 있도록 어떤 방책을 강구하는 것이 어떻겠습니까?

'생활'의 장소와 '삶'의 장소에서의 대화술

생활을 중시할 것인가, 삶을 중시할 것인가 하는 문제는 그 사람의 가치관에 따라 달라지는 것으로 기질이나 유전, 성장환경 등 여러 가지 요인과 관계가 있습니다.

어렸을 때부터 마음을 풍요롭게 하는 환경에서 자란 사람은 그것이 부족하면 경제적으로 풍요롭다 해도 불만을 품게 될 것이며, 반대로 경제적으로 어려워서 '돈이 없으면 행복할 수 없다.'고 생각하며 자란 사람은 당연한 얘기 겠지만 돈을 추구하게 됩니다. 인간에게는 부족한 것을 채우려고 하는 본능이 있습니다.

행복이란 겉으로 봐서는 알 수 없습니다. 생활을 중시하는 부부와 삶을 중시하는 부부가 있다면 어느 쪽이 더 행복한가를 서로 비교할 수도 없습니다.

성공하려고 열심히 일을 하며 생활해 온 부부의 입장에서 보면 출세도 하지 않고 한가로이 살아가는 부부는 그저 게으른 사람으로밖에 보이지 않을 것입니다. 반대로 한가롭게 생활하는 부부는 매일 조그만 일에도 기뻐할 수 있는 자신들이 매우 행복하다고 생각하고 분주하게 살아가는 부부를 가엾다고 생각할 수도 있습니다.

하지만 '생활의 장소'에 강한 관심을 보여서 사회적으로는 크게 활약하고 있지만 삶의 장소가 공허해지면 일반적으로 마음 속에 가만히 외로움이 솟아나기 시작합니다.

눈에 보이는 세계에서 성공을 거두었지만, 눈에 보이지 않는 세계에서는 일종의 허무함을 느끼게 됩니다.

하지만 반대로 '생활의 장소'를 무시하고 '삶의 장소'만을 충족시키면 이번에는 생활을 제대로 할 수 없습니다. 신선처럼 살아간다면 마음은 만족을 얻을 수 있겠지만 현실세계의 인간에게는 돈도 필요하며 사회성이 없으면 세상과 원만한 관계를 유지할 수도 없습니다.

결국은 생활과 삶의 균형이 중요합니다. 어느 쪽을 중요시하든 스스로 수긍할 수만 있다면 그것으로 족하겠지만, '뭔가 허전하다. 이래서는 안 된다.'고 생각된다면 자기 자신의 직감이 '균형을 잡으시오.'라고 말하는 것이니

그때가 균형을 바로 잡아야 할 때입니다.

앞서 실시한 체크 항목을 통해서 자신이 지금 관심을 가지고 있는 부분을 알게 된 분은 마음 속에서 경고가 울리면 자기 자신과 대화를 나누고 생활과 삶의 균형을 바로 잡도록 하십시오.

또한 자신의 배우자가 생활이나 삶 중 어느 한쪽에 지나치게 치우쳐 있다고 생각된다면 서로 간의 대화를 통해서 그런 상황에 있는 배우자의 생각에 공감을 하면서 기울어진 균형을 바로잡을 수 있도록 충고해주시기 바랍니다.

예를 들어서 어떤 남성과 이런 내용의 상담을 한 적이 있습니다.

"나는 생활하기에 충분한 돈을 벌어다 준다고 생각하는데, 아내는 일을 그만두기는커녕 오히려 더욱 많은 돈을 벌 생각만 하고 있습니다. 그 돈으로 명품 옷이나 가방을 사들이고 있습니다. 물론 남성과 여성이 다르겠지만 저로서는 아내의 마음을 전혀 모르겠습니다."

나는 "쇼핑을 좋아하는 아내를 비난하지 말고 당신이 먼저 멋진 옷을 선물해보세요. 아내에게는 그렇게 하지 않으면 안 될 어떤 마음의 상처가 있는지도 모르잖아요? 그것을 달래줄 수 있는 것은 남편밖에 없으니까요."라고 말해 주었습니다.

실제로 이 부인은 세 자매 중 막내로 어렸을 때는 언니들에게서 물려받은 옷만 입고 다녔기 때문에 "너는 헌옷을 입고 있으니 같이 안 놀아."라며 다른 여자아이들에게 놀림을 당한 적도 있었다고 합니다.

남편이 옷을 선물하자 아내는 아주 기뻐하면서 "맞아요. 지금은 내게 이렇게 멋진 옷을 선물해주는 다정한 남편이 있는 걸요. 무리해서 일할 필요는 없겠어요."라는 사실을 깨닫게 되었다고 합니다.

이것은 남자들도 마찬가지입니다. 아내의 입장에서 보자면 '무엇 때문에 자신의 몸을 돌보지도 않고 일을 하는 걸까?'라고 생각되는 남편이 있습니다. 아마 그 분에게는 어렸을 때 '가족이 풍요로운 생활을 할 수 있도록 하겠다.', '내 힘으로 지은 집을 갖고 싶다.'고 결심을 하게 된 괴로운 경험이 있었을지도 모릅니다.

긴 인생을 살아가면서 누구에게나 마음에 상처가 생기는 일은 있습니다. 하지만 곁에 있는 남편이나 아내가 그 사실을 깨닫고 상대를 배려하는 대화를 함으로써 한쪽으로 기울어진 삶의 방식을 바로 잡아줄 수 있다면 그보다 더 멋진 일도 없을 것입니다.

'보람 있는 인생'이란, '생활의 장소'와 '삶의 장소' 모두를 충실하게 가꿔가는 것입니다.

그때 무엇보다도 중요한 것이 '좋은 대화'를 해나가는 일입니다. 당신 나름대로의 '보람 있는 인생'을 배우자와 함께 가꾸어 가시기 바랍니다.

Two

자녀를
쑥쑥 키워주는
대화술

자녀에 대한 애정이
식어가려 할 때에도

"아이가 죽어버린다면 속이 시원하겠습니다."

어느 날, 아들의 비행 때문에 상담을 하러 오신 한 어머니의 입에서 이런 말이 나오는 순간 나는 온몸에 소름이 돋으며 마음 속에서 무엇인가가 치밀어 오르는 것을 느꼈습니다.

문제가 해결되지 않을 때는 다시 원점으로 돌아가라고 말합니다.

자녀와의 관계가 심하게 어긋나 있는 분에게는 '만약 아이가 내일 죽는다면 지금 당신은 무엇을 하겠습니까?'라는 질문을 던져서 아이와의 관계를 다시 한 번 원점부터 생각하도록 하는 경우였습니다. 그런 질문을 했을 때, 그 어머니의 대답은 바로 다음과 같았습니다.

확실한 것...

아이를 지키는 일

"이젠 됐습니다. 저도 이젠 지쳤어요."

정말로 지쳤겠지만 조금 자포자기한 심정으로 이야기를 하는 그 어머니에게 저는 맹렬하게 반론을 가했습니다.

"지금은 그렇게 말씀하시지만, 정말로 아이가 관에 들어가서 불러도 눈을 뜨지 않고 대답도 하지 않는 모습을 보신다면 당신은 어떻게 하시겠어요?"

그렇게 말하자 어머님의 모습에 조금 변화가 일어났습니다. 틀림없이 마음속으로 그런 아이의 모습을 그려보았을 것입니다.

"나는 정말로 아이가 죽어서 괴로운 나날을 보내고 있는 부모들도 알고 있어요. 가볍게 그런 말을 하다니 오만한 것 아니에요?"

하지만 내가 이렇게 말하자 그 어머니는 화난 듯한 목소리로 말했습니다.

"선생님은 오만하다고 말씀하시지만, 저도 좋아서 그런 생각을 하는 게 아니에요. 그 아이 때문에 제 인생이 엉망이 되어버렸어요. 그런 기분을 알기나 하세요?"

아들로 인해 생긴 갖가지 고통이 눈앞을 가려 마음 속에 있는 아들에 대한 애정이 보이지 않게 된 상황이 짐작이 되었습니다.

"만약 당신이 반대 입장이 되어서 당신 어머니가 그런 말씀을 하셨다는 사실을 알게 된다면 어떤 기분이 들겠어요? …… 물론 당신도 힘이 들겠지요. 남편은 돌아가셨고 혼자서 아이를 지키려고 했지만 그게 잘 되지 않았으니까요. 지금은 괴롭겠지만 아이를 감싸고 지켜주는 것은 당신에게 무척 중요한 일이에요. 이 세상이 제아무리 불안정해져도 확실한 일만을 해나간다면 당신의 인생도 반드시 확실해질 거예요."

이야기를 하는 동안 화를 냈던 어머니가 점점 귀를 기

울이고 있다는 사실을 알고 안도의 한숨을 내쉬었습니다.

그 후, 어머니는 괴롭지만 피하지 않고 아들과 계속해서 대화를 나눔으로써 아들은 나쁜 친구들과 만나는 시간을 줄이고 아르바이트 자리를 구하는 등 좋은 방향으로 나가게 되었고 모자 관계도 바람직한 방향으로 개선되었습니다.

바람직한 부모 자식 관계란?

겉으로 드러난 점들만 보면 앞에 소개한 어머니는 부모답지 못한 부모처럼 보입니다. 하지만 그것은 어머니로서 그만큼 큰 괴로움을 겪고 있으며 아이로부터 도망치지 않고 정면에서 맞서려고 노력한다는 증거입니다.

그보다도 내가 더욱 부모답지 못한 부모라고 생각하는 사람은 내가 제아무리 이야기를 해도 "맞습니다. 하지만 그렇게는 못하겠어요."라며 자신을 바꾸기가 싫어서 아이의 고민을 이해하고 정면으로 부딪혀가며 대화하기를 포기하는 사람입니다.

예전에는 아이들 문제로 고민하는 어머니나 아버지는 "선생님, 곧바로 열차를 타고 가서 찾아뵙겠으니 잘 부탁드리겠습니다."라며 필사적으로 조언을 구하러 와서 아이들과 마주 대하려고 노력을 했습니다.

하지만 최근에는 조금 노력을 해보고 결과가 나타나지 않으면 "아이에게는 아이 나름대로의 인생이 있으니까요.", "더 이상 따라갈 수가 없으니 여기서 그만두겠습니다."라며 아이와 대화를 나누기는커녕 아이에 대해서 고민하기를 포기하는 사람들이 늘어나고 있습니다. 이것은 참으로 안타깝고 걱정스러운 일입니다. 왜냐하면 "어른이 돼봐야 좋은 일이라고는 하나도 없을 거다. 나같은 건 살아봐야 별 볼일 없다.", "사람을 죽이는 게 뭐가 나빠요?"라며 원래는 생명력에 넘쳐 있어야 할 아이들로부터 소름이 끼칠 정도로 자포자기에 빠진, 삶을 포기한 것처럼 보이는 말을 듣는 경우가 너무 많기 때문입니다.

하지만 아이들이 아이들답지 못한 것은 과연 누구의 책임일까요? 아이들은 부모에게서 애정을 듬뿍 받아야만 비로소 생명력 넘치는 '아이'로 존재할 수 있습니다. 부모에게 그러한 애정이 없다면, 혹은 부모가 가지고 있는 애정을 아이에게 제대로 전달하지 못한다면 아이들은 당연히 건강하게 살아가지 못하게 됩니다.

어머니로부터 모유와 애정을 듬뿍 받고 있는 아기가 천진난만한 표정을 지으며 빙그레 웃는 모습이 세상에서 가장 귀여운 모습입니다.

하지만 심각한 기근에 빠져 있는 지역에서 태어나 먹고
싶어도 젖을 마음대로 먹지 못하는 아기들은 모두가 나이
들어 피로에 지친 사람들과 같은 표정을 짓고 있습니다.

나는 지금 우리나라 젊은이들이 물질적으로 커다란 혜
택을 누리고 있지만, 이 기아 상태에 있는 아이들과 비슷
하다는 생각이 들어서 견딜 수가 없습니다.

딸랑이 대신 휴대전화기를 쥐고 시내 여기저기를 돌아
다니는 소녀들.

자신의 생명, 타인의 생명의 존엄성을 알지 못한 채 젊은 시절부터 삶에 지쳐버린 소년들.

먹을 것이 식탁 위에 산더미처럼 쌓여 있지만, 자기 스스로 먹기를 거부하여 뼈와 가죽만 남아 있는 바싹 마른 여성들.

그런 아이들에게 애정이라는 젖을 다시 한 번 먹게 해줄 수 있는 사람은 부모밖에 없습니다. 어머니의 하얀 젖 대신에 칭찬, 공감이라는 마음의 양식을 대화를 통해서 아낌없이 맛볼 수 있도록 해주시기 바랍니다.

지금 아이들과의 커뮤니케이션이 제대로 이루어지지 않아서 초조함을 느끼고 계시는 어머니들, 거칠어진 아이들을 앞에 두고 넋을 잃어버린 아버지들, 부모와 자식 모두가 이렇게 괴로워할 줄 알았다면 차라리 낳지 말걸……이라는 생각이 든다면 아이가 태어난 날을 다시 한 번 떠올려보시기 바랍니다.

이 세상에 태어나 처음으로 공기를 폐 속 깊이 들이마시며 얼굴을 붉게 물들이고 열심히 울고 있는 아이를 보는 순간 '아, 이 아이를 세상에서 가장 행복하게 해주자.'고 생각하지 않으셨습니까? 그리고 '우리 집에 태어나줘서 고맙다.'며 조그맣게 빛나는 생명에게 감사했던 순간이 있지 않았습니까?

아이를 행복하게 해주고 싶다. 아이와 함께 행복해지고 싶다는 바람은 모든 부모님들의 공통된 바람이자, 보답같은 것은 생각할 여지도 없는 오직 생명을 바탕으로 한 '참된 욕구'입니다.

반대로 아이들도 부모님의 행복을 부모 이상으로 바랍니다. 나도 카운슬링을 하면서 아이들의 그런 마음을 확인할 때마다 가슴이 뜨거워집니다. 거친 행동을 보이는 것은 지금 이대로는 함께 행복해질 수 없는 무엇인가가 가정 내에 있다고 호소하기 위해서 취하는 행동에 불과합니다. 나는 포기하지 말고 부모와 자식이 함께 성실하게 대화를 나누는 시간을 늘려간다면 아이들도 틀림없이 좋은 방향으로 성장해 갈 것이라고 생각합니다.

아이와 함께 키워가는
마법의 대화술

모자간의 대화의 중요성에 대해서 이야기를 하고 있을 때 한 어머니로부터 질문을 받았습니다.

"선생님, 우리 아이는 말을 하기는 하지만 아직 어려서 무슨 말인지 모를 말들만 하고 내가 하는 말도 어디까지 알아듣는지 잘 알 수가 없습니다. 어떻게 해야 모자간의 대화가 가능해집니까?"

나는 이렇게 대답했습니다.

"지금부터 하고 싶었던 말이 바로 그것입니다. 말도 중요하지만 그 외에도 아이에게 부모님의 마음을 전달하며 관계를 맺어 가는 방법이 있습니다."

심리학에서는 사람과 사람의 접촉, 상대와의 관계를

'스트로크'라고 부릅니다. 스트로크는 모든 인간관계의 기본이자 인간이 존재하기 위해서는 없어서는 안 되는 것입니다. 왜냐하면 스트로크가 없는 상태는 '무시', '고독'을 의미하는 것이기 때문입니다.

단, 스트로크에도 배려하는 마음이 담긴 플러스 스트로크와 상대에게 엄하게 대하는 마이너스 스트로크가 있다는 사실을 알아두시기 바랍니다.

플러스 스트로크는 상대에게 기분 좋은 감정을 갖게 합니다.

예를 들어서 아이의 머리를 쓰다듬거나, 악수를 하거나, 안거나, 업거나, 뺨을 비비거나, 등을 부드럽게 쓰다듬어 주는 스킨십은 전부 부모의 애정을 전달하는 플러스 스트로크입니다.

또한 간단한 말로 아이를 칭찬하고, "○○야!" 하며 아이의 이름을 다정하게 부르고, 아침에는 "잘 잤니?", 밤에는 "잘 자."라고 인사를 해주고, 아이의 행동에 "고맙다."는 감사의 말을 하고, 종잡을 수 없는 말이라 해도 가만히 들어주고, 눈이 마주치면 미소를 건네는 등의 플러스 스트로크를 해주면 아이는 "부모로부터 자신은 인정을 받고 있다.", "소중하게 여기고 있다."는 사실을 실감할 수 있습니다. 특히 유아의 발육기에는 부모에게 받는 플러스 스트로크가 아주 필요합니다.

이에 반해서 마이너스 스트로크란, 상대방에게 불쾌한 감정을 품게 하는 언동을 말합니다. 예를 들어서 가정교육이라는 명목으로 아이를 때리거나, 꼬집거나, 엉덩이를 때리거나, 먹을 것을 주지 않거나, 가만히 세워두는 등의 일은 효과가 없을 뿐만 아니라 아이에게 두려움과 미운 감정만을 심어줍니다.

그리고 아이를 거친 말로 야단치거나, 비꼬는 말이나 욕설을 하거나, 대답을 하지 않거나, 결점을 지적하며 비난하거나 하면 아이의 마음은 위축되거나 울분으로 가득 차게 됩니다. 부모가 자신의 감정을 자제하지 못하고 아이에게 이와 같은 마이너스 스트로크를 행하는 것이 아이의 마음에 얼마나 커다란 상처가 되는지를 잘 알아야 합니다.

그리고 특히 이 시기의 아이들의 마음에 절대로 심어주어서는 안 되는 것은 '무시당했다.'는 생각을 품게 하는 것입니다. 다른 것들은 비록 마이너스 스트로크라 하더라도 그래도 자신의 존재는 인정을 받고 있는 것이지만, 누구도 상대를 해주지 않고 계속해서 무시를 당하게 되면 존재 자체를 부정당하고 있다는 서러움이 마음을 차지해 버립니다. 이것이 평생에 걸쳐서 아이의 마음에 무시무시한 영향을 주게 됩니다.

다음으로 플러스 스트로크가 얼마나 도움이 되는 것인지 하나의 예를 통해서 이야기해보도록 하겠습니다.

이제 곧 만 4세가 되는 A양은 명랑하고 귀여운 꼬마 아가씨입니다. 어머니도 20대 후반의 젊은 나이에 교양 있고 세련된 외모를 가진 분으로 그야말로 이상적인 가정이라는 생각이 들었습니다. 그런데 A양이 한 유명 유치원 입학시험에 떨어지면서부터 모녀 관계가 이상한 방향으로 틀어지게 되었습니다.

시험은 이제 곧 어른이 될 10대 후반에게도 상당한 스트레스와 긴장감으로 작용합니다. 여러분도 지나치게 긴장하여 속이 울렁거리거나, 시험문제를 보는 순간 머릿속에 아무것도 떠오르지 않아 실력을 제대로 발휘하지 못했던 경험을 갖고 있지 않으십니까?

아직 어린 A양이 시험장에서 평소와 같이 씩씩하게 대답하지 못했다 해도 이것은 조금도 이상한 일이 아닙니다. 하지만 함께 노력을 해온 어머니는 아무래도 이해할 수 없었던 모양입니다. 시험에 실패하여 상처를 입을 A양의 마음을 채 헤아리기도 전에 "네가 야무지지 못해서 그런 거다!", "이제 나는 창피해서 어떻게 다니란 말이냐."라고 울며불며 야단을 쳤습니다.

그 날부터 A양의 모습이 변하기 시작했습니다. 그렇게도 명랑하고 밝은 꼬마 아가씨였는데 아무 말도 하지 않고 가만히 있게 되었으며, 친구들과 놀려고 들지도 않았습니다. 몇 번을 만나며 노력한 결과 마음을 열어준 A양이 "내가 나쁜 아이라 엄마가 울었어요."라고 하는 말을 듣고 가슴이 아팠습니다.

아이들은 언제나 어머니를 아주 좋아합니다. 사랑하는 어머니를 슬프게 한 것이 자신이라는 사실을 생각하는 것만으로도 괴로운데 바로 그 어머니가 직접 "네 잘못이다."라고 야단을 친다면 아이는 발랄하게 살아갈 기력을 잃어버립니다.

내가 어머니에게 "어머니도 아주 분하셨을 겁니다. 그 기분은 저도 잘 알고 있습니다."라고 말을 하기 시작했습니다. 우선 누군가가 어머니의 울분과 억울함을 받아주지 않는다면 그 안쪽에 있는 아이에 대한 애정이 밖으로 나오지 못하기 때문입니다. 그리고 "하지만 시험에 떨어

무슨 일이 있어도 너를 사랑해

졌다는 게 그렇게 나쁜 일일까요? 전화위복이라는 말이
있듯이 어쩌면 목표로 했던 곳과는 다른 유치원이 A양에
게 더 좋은 영향을 줄지도 모르기 때문에 그런 결과를 빚
게 된 걸지도 몰라요. 훌륭한 꿈을 실현하지 못해서 안타
깝기는 하겠지만 그래도 저렇게 귀엽고 생각이 깊은 아이
로 자라주는 것만으로도 충분하지 않을까요? 자신에게 부
족하다고 생각되는 점을 성심 성의껏 메워나가도록 합시
다."라고 말하자 어머니는 조금은 이해를 한 듯한 표정이

었습니다.

그리고 A양에게 "엄마도 너를 아주 사랑한단다. 시험을 잘 보든 못 보든 엄마는 너를 아주 사랑하고 있단다. 너를 정말로 소중하게 생각하고 있단다. 그렇기 때문에 네가 살아가는 데 힘이 돼줘야겠다고 생각하고 있단다."라면서 틀림없이 용기를 내서 이겨낼 수 있다고 말해주었습니다.

하지만 아직 어리고 말을 하기 싫어하는 A양에게 말로써 용기를 심어준다는 것은 그리 쉬운 일이 아닙니다.

그래서 어머니에게 의식적으로 스킨십을 하도록 신경을 쓰고 플러스 스트로크를 많이 해줄 것을 권했습니다.

어머니가 매일 밤 안아주면서 함께 잠을 자고, 아침에 눈을 뜨면 빙그레 미소를 지으며 "잘 잤니?"라고 말을 걸고, 작은 일이라도 무엇인가를 해내면 칭찬을 하고, 하고 싶은 말이 있는 것처럼 보이면 이야기를 들어주겠다는 태도로 가만히 기다리는 모습을 보이자 A양은 조금씩 밝아지며 말도 하기 시작했습니다.

원래 활발한 성격이었던 A양은 어머니의 몸과 마음을 통한 격려에 삶의 기력을 되찾아 지금은 명랑한 나날을 보내고 있습니다.

유아기는 감성의 기초를 길러줘야 할 때입니다. 맛있

는 것, 아름다운 음악, 아름다운 그림책이나 풍경, 기분 좋아지는 향기나 따뜻함 등을 일상생활에서 마음껏 느낄 수 있도록 하는 데 노력을 아껴서는 안 됩니다.

| 아동기 모자간의 대화 |

나는 자녀를 두신 분들에게 종종 "아동기는 눈 깜짝할 사이에 지나가 버립니다. 하지만 기다리고 기다려서 가능한 한 아동기를 늘려주도록 합시다."라고 부탁합니다.

아동기를 충분하게 만끽한 아이를 꽃에 비유하자면 통통하게 물이 오른 알뿌리라고 할 수 있습니다. 흙 속에서 기다리는 시간이 길다 하더라도 그런 아이는 어느 날 갑자기 싹을 내밀고 단번에 성장합니다. 그 힘에는 부모가 압도당할 정도입니다. 하지만 알뿌리에 충분히 물이 오르지도 않았는데 부모가 성급하게 "빨리 싹을 틔워라, 싹을 틔워라."고 재촉을 하면, 물론 싹은 빨리 트겠지만 도중에 지쳐서 결국에는 말라 죽는 경우가 많습니다.

초등학교 5학년인 B군은 체격도 크고 성적도 우수한 아이입니다. 아버지가 의사였기 때문에 부모님은 일찍부터 B군이 뒤를 이어주기를 바랐으며 B군도 그 기대에 부응하려고 열심히 노력했습니다.

그런데 중학교 입학을 앞둔 요즘 들어서 갑자기 모든 일에 관심을 잃고 부모와도 대화를 하지 않게 되었다고 합니다. 풀이 죽어 있는 B군을 만나서 자세하게 사정을 들어보니 그는 이런 말을 했습니다.

"저는 사실 축구선수가 되고 싶어요. 아주 어렸을 때부터 그렇게 말을 했는데 부모님은 '그건 안 된다 그보다는 공부를 하라'고 말하셨어요. 공부만을 위해서 멀리 떨어져 있는 중학교에 들어가면 축구 연습할 시간이 없어져요. 그래서 전 싫어요."

비단 B군 뿐만 아니라 부모가 아이에게 지나친 기대를 걸어서 원래 아이가 가지고 있는 호기심의 싹을 잘라버리거나 꿈과 희망을 깨뜨려서 힘을 잃게 하는 경우는 흔히 볼 수 있습니다.

나는 '좋은 사람과의 만남'이 아이들이 성장하는 조건 중 하나라고 생각합니다. 여기서 말하는 '좋은 사람'이란 아이들이 진심으로 '알아주기를 바라는 것'을 잘 듣고 이해해주는 사람, 그리고 '알고 싶은 것'을 자세하게 가르쳐주는 사람을 말합니다. 즉 아이와 '좋은 관계'를 만드는 대화술을 알고 있는 사람이라고 말해도 좋습니다.

이 '좋은 사람'은 교사여도 상관이 없고 친척이어도 좋지만 그 사람이 부모라면 최고이겠지요.

자신의 이야기에 진심으로 귀를 기울여 공감해주고 이해해주는 부모님이 곁에 계시다면 아이의 마음은 자유롭게 싹을 틔우고 훌륭하게 자랄 것입니다.

반대로 자신은 납득하지 못한 채로 '그런 건 아무래도 상관없다. 그것보다는 이것을 배워라.'라고 부모에게 설득당하며 살아간다면 어떻겠습니까?

아버지라면 회사에서 상사에게 불합리한 명령을 받거나 희망과는 다른 부서에 배치되어서도 좋은 결과를 내야 할 때의 고통을 잘 알고 계실 것입니다. 그것과 비슷한 일을 아이에게 강요한다면 아이의 마음은 고통으로 가득 차게 되고 곧 살아갈 힘을 잃게 될 것은 당연한 일입니다.

또한 아동기 중에서도 초등학교 5, 6학년은 사춘기로 들어가기 직전의 시기로, '아이'로 있을 수 있는 마지막 시기입니다. 지금까지 활발했던 아이도 이 시기가 되면 갑자기 불안정해져서 '같이 자고 싶다.', '밥을 먹여 달라.'고 마치 아기로 되돌아간 것처럼 부모에게 어리광을 피우거나, 반대로 '이것도 싫다. 저것도 하기 싫다.'며 반항적으로 변하기도 합니다.

부모들은 겨우 여기까지 잘 키워왔더니 왜 다시 어린아

이처럼 구는지 모르겠다며 불안하게 생각할지도 모르겠지만, 사실 이 시기는 부모와 아이의 유대관계를 다시 한 번 강화시킬 수 있는 좋은 기회입니다. 유아기에 충분히 어리광을 부리지 못한 아이들은 이 시기에 다시 한 번 부모에게 어리광을 피워 에너지를 보충한 뒤 아동기에서 벗어나려 하기 때문입니다.

어리광을 부리면 꼭 끌어안아 주고, 변한 모습이 보이면 가만히 아이의 마음에 귀를 기울이고 대화를 나누도록 합시다. 부모와 자식 간의 유대관계를 다시 한 번 강화함으로써 다가올 사춘기를 극복할 수 있는 힘을 갖도록 해 줘야 합니다.

B군의 경우에는 우선 부모님과 자주 이야기할 것을 권했습니다. 그 결과 공부와 축구 모두 할 수 있는 중학교를 선택하기로 하여 B군은 다시 활력을 되찾았으며 지금은 목표로 삼았던 중학교에 다니고 있습니다.

아이의 성장을 멈추게 하는 주의해야 할 말이란?

지금부터 당신의 말이나 행동이 아이의 성장을 방해하는 것은 아닌지 한번 살펴보시기 바랍니다. 부모들은 매일 피곤하고 바쁘기 때문에 자신도 모르게 아이에게 화를 내거나, 성장이 늦어 보이는 아이에 대한 초조함 때문에 심한 말을 하면 그럴 의도는 없었지만, 아이의 마음의 성장에 좋지 않은 영향을 주게 되는 경우가 있습니다.

다음 항목 중에서 '아, 나도 아이에게 비슷한 말을 하고 있다.'고 생각되는 말이 있으면 번호를 모두 체크해 보시기 바랍니다.

❶ 그런 일에 신경 쓰지 마. 쓸데없는 일이야.

❷ 시끄러! 뚝 그쳐!

❸ 알았으니까 너는 엄마 말만 들으면 돼.

❹ 아이들은 그런 거 생각하지 않아도 돼.

❺ 위험하니까 그만둬!

❻ 그거 만지지 마! 얌전히 있어.

❼ 어렸을 때는 귀여웠는데…….

❽ 넌 왜 하는 일마다 그 모양이냐?

❾ 나는 어렸을 때 아주 잘 했었다.

❿ 아이들이 말참견하는 게 아니야.

⓫ 너는 형(언니)하고 왜 이렇게 닮은 구석이 없냐?

⓬ 너는 몸이 약하니까 무리하지 마.

⓭ 네가 나쁜 짓을 했잖아. 했다고 솔직하게 말해!

⓮ 일이 있어서 안 되겠어. 다음에 같이 놀러 가자.

⓯ 네가 남자(여자)였으면 좋았을 텐데.

⓰ 넌 왜 그렇게 야무지지 못하니?

⓱ 너만 없었다면……(편할 텐데·이혼할 텐데·창피를 당하지

  않아도 됐을 텐데 등).

⓲ 넌 내 자식이 아니다!

⓳ 바쁘니까 여기 오지 마.

⓴ 하루 종일 게임만 할 거야? 어서 공부해.

위에서 예로 든 것과 같은 말들은 아이 마음의 자유, 언동의 자유를 속박하는 '금지령'이 되기 쉬운 말들입니다. 부모가 깊은 의미 없이 그렇게 말한 것이라 할지라도 아이들은 이 '금지령'을 마음 속으로 받아들여 무의식중에 '내 마음의 자유와 행동의 자유는 금지되어 있다.'고 생각하고 그것에 영향을 받습니다.

아동기뿐만 아니라 사춘기 아이들 심지어는 성인 중에도 이런 무의식의 속박에 사로잡혀 앞으로 나아가지 못하는 사람들이 많습니다. '금지령'이 가지고 있는 의미를 알고 아이들을 말의 재앙으로부터 지키도록 합시다.

그렇다면 앞서 예로 든 '금지령'의 의미에 대해서 하나하나 조금 더 설명해보기로 하겠습니다.

❶ 그런 일에 신경 쓰지 마. 쓸데없는 일이야.

❷ 시끄레! 뚝 그쳐!

이 두 가지 말이 의미하는 것은 '느끼지 말라.'는 뜻입니다 아이는 자기의 소중한 감정이 무시당하거나, 느낀 대로 감정을 표출했음에도 일방적으로 야단만 맞는다면 그런 부모의 말에서 '생생하게 느껴서는 안 된다.', '감정을 표출

해서는 안 된다.'는 느낌을 받아서 부정적인 영향을 받습니다. 그리고 자신을 심하게 억제하면서 어른이 되어서도 감정을 솔직하게 표현하지 못하거나 상대의 감정을 받아들이지 못합니다. 무감동, 무표정한 사람으로 키우고 싶지 않다면 아이에게 이런 말을 쓰지 않도록 주의해야 합니다.

그 외에도 "뭐가 아프다 그래?", "이상하지 않으니까 이 옷을 입어."와 같이 단정적으로 말하는 것도 아이의 느낌을 부정하는 금지령이 됩니다.

❸ 알았으니까 너는 엄마 말만 들으면 돼.

❹ 아이들은 그런 거 생각하지 않아도 돼.

이런 말들은 아이들에게 '생각하지 말라.'는 메시지를 전달합니다.

부모가 아이의 문제에 지나치게 간섭하거나 아이 대신 문제를 해결해주는 일이 지나치게 많으면 아이는 '나는 머리가 나쁘다.'고 생각하고 금방 포기를 해버립니다. 자신이 창조적으로 생각하려 들지 않고 모든 것을 부모에게 의존하려고 할 것입니다.

아이에게 '너는 어떻게 생각하니?'라고 물었을 때, "글쎄."라는 대답밖에 하지 않는다면 주의해야 합니다. 또한 "너한테 00는 너무 어려워."라는 말도 어떤 특정 분야에 대해서 못한다는 선입견을 심어주는 결과가 되기 때문에 삼가는 것이 현명합니다.

> ⑤ 위험하니까 그만둬.
> ⑥ 그거 만지지 마! 얌전히 있어.

물론 생명에 관계되는 위험성이 있을 때 이런 말을 하는 것은 당연한 일이겠지만, 이런 말을 너무 지나치게 많이 하면 아이에게는 '행동하지 말라.'는 메시지로 전달된다는 사실도 간과해서는 안 됩니다.

이 메시지에서 부모의 불안감이나 공포심을 전달받은 아이는 부상이나 실패, 창피를 당하는 것을 매우 두려워합니다. 스스로 결단하거나, 행동하거나, 도전하기를 꺼리게 됩니다.

만약 부모로부터 늘 이런 말을 듣는다면 언제나 무난한 틀 속에서 우유부단하게 '때가 되면 누군가가 해결해 줄거다.'라고 사람들에게 의지하는 사람이 되기 쉽습니다.

❼ 어렸을 때는 귀여웠는데…….

이것은 아이에게 '성장하지 말라.'는 메시지가 됩니다. 부모가 아이를 지나치게 사랑하여 '언제나 귀여운 모습으로 있어주면 좋겠다.'고 바라면 아이는 그 기대를 배반하지 않겠다고 결심합니다. 언제나 어린 아이처럼 행동하며, 어리광을 부리고 독립하지 않는 경우도 있습니다.

동생이 태어나면 손위 아이가 다시 어리광을 피우기 시작하는 것도 부모의 관심을 끌고 싶어서 하는 행동입니다. '역시 아기는 귀여워.', '아이는 아이답게 행동해.'라는 말에도 주의를 하시기 바랍니다.

❽ 넌 왜 하는 일마다 그 모양이냐?
❾ 나는 어렸을 때 아주 잘 했었다.

이것은 부모의 기대와는 반대로 '성공하지 말라.'는 메시지가 됩니다.

부모가 언제나 높은 기대치를 설정해놓고 그것을 이루지 못했다고 해서 아이를 야단치거나 비판하면 그 아이는 자신감과 의욕을 잃어버립니다.

'어차피 제대로 해낼 리가 없어.'라며 끝까지 하기를 포기하고, 일을 중간에 중단해 버리는 습관이 생기니 주의해야 합니다.

⑩ 아이들이 말참견하는 게 아니야.

⑪ 너는 형(언니)하고 왜 이렇게 닮은 구석이 없냐?

이런 말들이 어린이에게는 '중요한 사람이 되지 말라.'는 메시지로 들립니다.

아이가 말참견하는 것을 금하거나 소중하게 여기고 있는 생각을 무시해 버리면, '어차피 나는 중요한 사람이 아니다.'라는 콤플렉스를 갖게 되어 자신의 장점을 마음껏 발휘하지 못합니다.

⑫ 너는 몸이 약하니까 무리하지 마.

걱정을 하는 듯이 보이지만 이것은 아이에게 '건강하지 말라.'는 메시지로 느껴집니다.

지나치게 아이의 몸을 생각하거나 '나는 허약하다.'는 생각을 갖게 되고, 병에 걸렸을 때만 다정하게 대해준다면 병에 걸림으로써 부모의 애정을 끌어내려고 합니다. 만약 사이가 좋지 못한 부모가 아이가 아플 때만 서로 협력하는 모습을 보인다면 아이는 병에 걸리는 것이 자기가 해야 할 일이라고 생각하는 경우도 있습니다. 소중한 아이에게 그런 눈물겨운 노력을 하도록 해서는 안 됩니다.

⓭ 네가 나쁜 짓을 했잖아. 했다고 솔직하게 말해!

⓮ 일이 있어서 안 되겠어. 다음에 같이 놀러 가자.

이런 말은 '믿지 말라.'는 메시지입니다.

자신은 나쁜 짓을 하지 않았는데 억지로 '했다.'는 말을 하도록 강요하거나, 철석같이 굳게 한 약속도 지키지 않는다면 사람들이 어떻게 생각하겠습니까? 더구나 그 사람이 순진한 아이라면 당연히 사람을 믿지 못하게 되지 않겠습니까? 부모가 겉과 속이 다른 말을 하거나 뒤에서 남의 험담을 하는 것을 보고 듣게 되어도 인간에 대한 불신이 깊어지니 주의하시기 바랍니다.

⓯ 네가 남자(여자)였으면 좋았을 텐데.

⓰ 넌 왜 그렇게 야무지지 못하니?

이것은 '너답게 살지 말라.'는 메시지입니다.

부모님들은 '사실은 아들을 갖고 싶었다.', '여자였으면 좋았을 걸.'이라는 말을 깊은 생각 없이 하는 경우가 대부분입니다.

하지만 아이는 자신이 부모가 바라는 성과는 다른 성으로 태어났다는 말을 듣게 된다면 이 말을 '너답게 살지 말라.'는 메시지로 받아들입니다. 특히 사춘기에는 자기 자신의 정체성을 찾지 못하게 되는 경우도 생깁니다.

또한 부모가 자신이 원하는 대로 아이를 기르기 위해서 무리한 요구를 하거나, 집안 사정으로 인하여 아버지나 어머니의 역할을 대신 맡게 되어 어린 아이답지 않게 자란 경우에도 자신의 본연의 모습을 부정당했다고 느끼게 됩니다. 당당하게 자기표현을 하지 못하는 아이가 될지도 모르니 부모들의 깊은 배려가 필요합니다.

⓱ 너만 없었다면……(편할 텐데 · 이혼할 텐데 · 창피를 당하지 않아도 됐을 텐데 등).

⓲ 넌 내 자식이 아니다.

이것은 아이들에게 '존재하지 말라.'는 잔인한 메시지로 전달됩니다.

이렇게 부정적인 말을 사용하여 큰소리로 야단을 치거나, 부모에게 훼방꾼 취급을 받게 되면 아이는 자신의 존재 자체가 부정을 당하는 것이라는 느낌을 받습니다. 그리고 '자신에게는 있을 만한 곳이 없다.'는 불안을 느낍니다. 이 '금지령'이 마음 속에 각인되면 어른이 되어도 허무함을 느끼고, 쉽게 화를 내며, 인내심이 부족해지는 등의 부정적인 경향을 보입니다.

부모들은 아무리 괴로운 사정이 있다 하더라도 이런 말들이 아이를 얼마나 괴롭히는 것인지를 다시 한 번 생각해보시기 바랍니다.

⑲ 바쁘니까 여기 오지 마.

이것은 '다가오지 말라.'는 메시지입니다.

부모를 따라다니지 못하게 하거나 부모와의 접촉이 부족하면 아이는 내성적이고 사람을 잘 사귀지 못하는 성격을 갖는 경우가 있습니다.

또한 부모와의 접촉뿐만 아니라 동네 아이들과 놀아서는 안 된다고 하거나, 부모의 전근이나 이혼 등으로 친한 사람과의 슬픈 이별을 경험하면 아이는 '더 이상 누구와도 친하게 지내지 않겠다.'고 마음 속으로 결심하는 경우도 있습니다.

㉔ 하루 종일 게임만 할 거야? 어서 공부해.

이것은 '즐기지 말라.'는 메시지입니다.

부모가 지나치게 엄격하여 부모와 함께 놀거나, 어딘가에 데려가는 등의 경험이 부족하면 아이들은 놀이나 즐기는 일에 죄악감을 느끼는 경우도 있습니다. 또한 언제나 공부나 심부름을 하라고만 지시하면 '즐기지 말라.'는 '금지령'이 마음속에 각인되어 특별한 취미도 없이 일만 하는 어른이 될 가능성이 있으니 주의해야 합니다.

| 사춘기 모자간의 대화 |

사춘기를 맞이한 자녀를 둔 부모라면 누구나 그 어려움을 잘 알고 있을 것입니다.

특히 최근 들어서 소년·소녀 범죄가 증가하고 또 그 연령도 낮아짐에 따라서 아직 아이가 이 연령대에 이르지 않은 부모님이라도 '그 나이가 되면 어떻게 대해야 하는 것인지?'라며 불안해하는 경우도 있습니다.

이 시기, 혹은 그 이전의 아동기 무렵의 아이들과 대화를 나눌 때 가장 주의를 해야 할 부분은 앞서 이야기 한 '금지령'에 해당하는 말을 가능한 한 아이들에게 하지 말아야 한다는 점입니다. 사춘기 아이들의 마음 속에는 네 가지 위기감이 존재한다고 합니다.

❶ 자기 자신에 대한 불안(존재의 불안, 정체성의 결여).

❷ 새로운 일을 하는 것에 대한 불안(중·고등학교 진학, 서클활동, 시험).

❸ 친구 사귀는 것에 대한 불안(집단따돌림, 사람 사귐에 대한 어려움).

❹ 남들과 달라서는 안 된다는 불안(개성 발휘의 어려움).

이 네 가지 위기감을 극복하려고 할 때 '금지령'이 아이의 마음을 구속하고 있으면 몸을 움직이지 못하게 되어, 용기를 내지 못합니다.

사람이 성장하기 위해서는 기본적으로 안심할 수 있는 마음을 갖고 있어야 합니다.

'나는 부모로부터 사랑 받고 있다.', '무엇보다도 소중하게 생각되고 있다.', '내 편을 들어주고 있다.'는 안심감이 있어야만 아이도 자존심을 갖게 되며, 자신을 키울 수 있는 힘을 갖는 것입니다.

그런데 '금지령'과 같이 항상 부모로부터 명령만 받게 되면 아이는 부모의 사랑보다는 자기 능력의 낮음, 부족함, 부모의 비정함만을 느끼게 되고 그 결과 죄악감과 고독감, 불안감을 품기 쉽습니다.

죄악감, 고독감, 불안감은 고뇌의 세 가지 주요 요인이라고 말할 수 있는 것들입니다. 아직 10대에 불과한 소년·소녀들의 마음에 이런 감정들이 자리잡게 되면 그들은 스스로에 대해서 자긍심을 갖지 못하고 충분히 사고하지 못하거나 결정을 내리지 못하는 미숙한 인간으로 자라게 됩니다.

사춘기 아이들이 부모에게 받는 안정적인 느낌은 따뜻한 봄바람처럼 느껴집니다. 반대로 부모에게 안정적인 느낌을 받지 못하고 죄악감이나 고독감, 불안감을 자기 홀로 품고 있는 아이들은 자신을 지켜줄 따뜻한 옷도 배고픔에서 구해줄 음식도 없이 추운 북풍 속을 걸어가는 사람에 비유할 수 있을 것입니다.

만약, 아이에게 엄격하게 대해야 한다고 믿고 앞서 말

한 '금지령'과 같은 말들로 야단만 친다면 지금부터라도 즉시 중지하시기 바랍니다.

그 대신 '너를 믿고 있다.', '무슨 일이 있어도 우리들은 네 편이다.', '엄마, 아빠 모두 있는 그대로의 너를 사랑한단다.'라는 말로써 네 가지 위기감 앞에 서 있는 아이에게 성원을 보내주시기 바랍니다. 어쩌면 아이는 부끄러워서 겉으로는 "그런 말 하지마. 부끄럽잖아."라고 할지도 모릅니다. 하지만 무슨 말을 하더라도 부모가 계속해서 따뜻한 말을 전해주면 그것은 틀림없이 아이의 마음에 전달되어 아이를 지켜주는 방패가 될 것입니다.

전통예능 강사인 어머니 밑에서 자란 학생 C군은 초등학생 때까지 아주 착한 아이였습니다. 예의범절을 중히 여기는 완벽주의 어머니 밑에서 자랐기 때문에 활발한 남자아이였으나 예의바르고 성실한 아주 이상적인 소년이었습니다.

그런 C군이 중학생이 된 어느 날, 어머니는 방에 있던 자신의 지갑이 없어졌다는 사실을 알게 되었습니다. 설마 하는 생각으로 C군에게 물었더니 어머니를 째려보던 그의 입에서 "시끄러, 이 할망구야."라는 욕설이 튀어나왔습니다.

어머니가 믿을 수 없다는 심정으로 지내는 동안, C군은 학교도 가지 않고 거리를 어슬렁거리거나, 밤이 되어도 집에 돌아오지 않는 일까지 생겼습니다. 가끔 얼굴을 마주쳐서 어머니가 야단을 치면 분을 참지 못하겠다는듯이 폭력을 휘둘렀습니다.

집에 있는 소중한 가구를 때려 부수거나 심지어는 야단을 치면 어머니에게까지 폭력을 휘두르는 모습을 보고 '이게 정말 내 아들인가?'하는 의심까지 들더라고 말했습니다. 물론 어렸을 때부터 어머니와 함께 계속 연습했던 전통예능도 그만두었습니다.

어머니가 설득을 해서 간신히 데려온 C군의 이야기를 들어보니 그는 자조하는 듯한 투로 이렇게 말했습니다.

"어렸을 때부터 이렇게 해라, 저렇게 하라는 지도를 받았는데 귀찮아서 견딜 수가 없었다. 그리고 어머니는 자기 아들보다 제자들을 더 사랑한다. 그럼 나 같은 건 그냥 내버려두면 될 텐데, 체면이 무서워서 그렇게도 못한다."

이런 C군의 생각을 어머니에게 전달했는데 어머니는 바로 이해하지 못하셨습니다.

"결국, 그 애가 나약한 겁니다. 제 뒤를 이어야 하니까 당연히 엄격하게 길러야 합니다."

이렇게 말하면서 아들을 용납할 수 없다는 마음을 보이는 어머니에게 무슨 말을 해야 할지 솔직히 고민이 되었습니다. 하지만 계속되는 마음 고생에 이어서 그 일 때문에 아버지까지 쓰러져 해오던 일을 계속할 수 없을 지경에 이르자, C군은 "나도 학교를 그만두고 일을 하겠다."고 말했고, 그것이 계기가 되어 모자간에 대화를 나누게 되었습니다.

물건을 훔치거나, 밤늦게까지 놀러 다니거나, 폭력을 휘두르는 등의 비행을 저지르는 아이들이 사실은 아버지와의 관계가 깊지 못하다는 연구결과가 있습니다. 그런 아이들은 예를 들어 아버지의 생신날짜도 모릅니다. 아마도 아버지가 오랫동안 집에 계시지 않았거나 어머니와의 관계가 좋지 않아서 아버지의 생신을 축하해주는 등의 따뜻한 분위기가 없었을 것입니다.

C군의 경우도 지금까지의 생활은 가정교육이나 전통예능에 대한 공부 등 모든 면에서 어머니와의 관계만 강했을 뿐이지 아버지는 접촉할 기회가 적었던 듯합니다. 그런데 아버지가 쓰러지실 정도로 자신에 대해서 걱정을 하고 있다는 사실을 알게 되자 '이대로는 안 된다.'는 마음이 생겨난 것 같습니다.

C군의 미래는 아직도 미정이지만 적극적인 마음을 갖기 시작한 그가 부모님과 서로 계속해서 대화를 나눈다면 틀림없이 모두가 납득할 수 있는 결론을 찾아낼 수 있을 것이라고 믿습니다.

뒷바라지한다고 아이를 몰아세우지는 않는가?

시험이나 진로 결정 문제로 고민하고 있는 아이에게 혹시 이런 말을 하지는 않는가요? 그렇다고 생각되는 것들을 전부 체크해보시기 바랍니다.

❶ 실수는 용납되지 않는다.

❷ 이래서 뭘 하겠느냐?

❸ 너는 하면 더 잘 할 수 있어.

❹ 이 성적에 만족해서는 안 된다.

❺ 엄마 말대로 해라.

❻ 다 너를 위해서 이러는 거다.

❼ 그렇게 해서 어떻게 따라가려고 하니?

❽ 우물쭈물하다가는 시간 안에 못 끝낸다.

❾ 사내 녀석이 울기는!

❿ 한번 결정한 일은 끝까지 최선을 다 해라!

부모는 아이를 응원하기 위해서 하는 말일지라도 그 속에 '완벽해져라.', '노력해라.', '기쁘게 해줘라.', '서둘러라.', '강해져라.'는 숨겨진 메시지가 있다면 그 말은 곧 아이를 몰아세우는 결과를 낳게 됩니다.

아이들은 대부분 어느 정도까지는 부모의 기대에 부응하려고 노력합니다. 하지만 부모가 지나친 기대를 가지고 있어서 아무리 노력해도 불가능한 일을 아이에게 강요하면 아이의 마음에는 '나는 고작 이 정도밖에 못한다.'는 콤플렉스를 갖게 됩니다. 그리고 성장을 해서도 자신의 마음에 계속해서 숨겨진 메시지를 요구합니다.

이 숨겨진 메시지는 앞서 말한 '금지령'을 강화시키고 아울러 그것들과 결합하여 아이에게 무모한 노력을 계속하도록 시킵니다. 아이의 마음에 쓸데없는 부담을 주지 않기 위해서는 다음의 내용을 마음 속에 담아둘 필요가 있습니다.

● 1과 2에 의한 영향

"실수는 용납되지 않는다."

"이래서 뭘 하겠느냐?"

아이가 부모로부터 이런 말을 듣게 되면 '나는 완벽하

지 못하다.'는 콤플렉스를 갖기 쉽습니다. 그렇기 때문에 자신이나 주위 사람들의 사소한 실수에만 신경을 쓰게 되고 아무리 노력을 해도 성취감을 맛보지 못하며 커다란 과제에 도전할 용기를 잃어버리게 될 우려가 있습니다.

● 3과 4에 의한 영향

"너는 하면 더 잘 할 수 있어."

"이 성적에 만족해서는 안 된다."

부모의 입장에서 보면 칭찬할 생각으로 이렇게 말했다 하더라도 아이는 "아직도 노력이 부족하다."는 뜻으로 받아들여 콤플렉스를 갖게 됩니다.

그리고 타인은 자신의 노력을 알아주지 않는다, 좋은 평가를 얻기 위해서는 휴식을 취할 수도, 여유를 가질 수도 없다고 자신을 내몰기 때문에 피곤해집니다. 아이가 어떻게든 어려움을 강조하려 하고 자기를 변호하려 드는 경우도 생깁니다.

● 5와 6에 의한 영향

"엄마 말대로 하거라."

"다 너를 위해서 이러는 거다."

이런 말을 들으면 아이는 "나는 부모님을 기쁘게 해드리지 못하고 있다."는 콤플렉스를 갖게 되면서 자신을 억제해서라도 상대를 기쁘게 해주려고 노력합니다. 또한 타인의 마음에 들려고 노력하는 것이므로 항상 "이정도면 됐습니까?"라고 상대의 의견을 확인합니다. 또 비판이나 반발을 지나치게 두려워한 나머지 말과 행동을 명확하게 하려고 하지 않습니다.

"나는 이렇게 노력하고 있으니 상대방도 당연히 노력을 해주어야 한다."는 기대도 생깁니다.

● 7과 8에 의한 영향

"그렇게 해서 어떻게 따라가려고 하니?"

"우물쭈물하다가는 시간 안에 못 끝낸다."

이런 말을 들으면 아이는 '나는 느리다.'는 콤플렉스를 갖게 되고 그에 대한 역작용으로 오히려 쉽게 초조함을 느낍니다.

"자, 열심히 하자."라는 말만을 하게 되며 누군가 느긋하게 일을 하는 사람을 보면 이를 참지 못하고, 자신의 발목을 붙잡는다고 생각합니다. 아이가 이상할 정도로 바쁘게 행동하거나 실패하면 시간이 없었다는 핑계를 대는 등의 모습을 보인다면 주의해서 되새겨 보십시오.

● 9와 10에 의한 영향

"사내 녀석이 울기는!"

"한번 결정한 일은 끝까지 최선을 다 해라!"

모든 부모들은 아이들이 강해지기를 원하지만 그런 마음을 말로써 강요하면 아이들은 '나는 약하다.'는 콤플렉스를 갖게 됩니다.

강해져야겠다고 생각해서 억지로 고집을 피우거나, 큰소리를 치고 거친 표현을 함으로써 자신의 강함을 과시하려고 합니다. 약함을 드러내 보이지 않으려고 말이나 표정에 감정을 드러내지 않거나 타인에게 무관심하면서도 어떤 일을 부탁 받으면 자랑스러워하는 표정을 보이는 등의 경향을 나타내는 경우도 있습니다.

| 성인기 모자간의 대화 |

이제 성인이 된 아이에게는 부모가 의식적으로 말을 걸 필요가 없다고 생각하는 분들이 있을지도 모릅니다. 하지만 현실적으로는 20~30대가 되었는데도 집안에만 틀어박혀 있는 사람, 전혀 자립하려 하지 않는 패러사이트 싱글

(학교를 졸업해도 경제적 여유가 있는 부모와 동거하면서 기초적인 생활을 부모에게 의존하는 미혼자), 그리고 지나치게 바쁜 일이나 원만하지 못한 결혼생활 때문에 좌절감을 맛보는 사람 등 부모의 입장에서 보면 성인이 되어도 걱정이 그칠 날이 없거나 '왜 그러는 것일까?'라며 불만을 갖게 하는 자녀의 모습은 많습니다.

그럴 때 부모가 자녀에게 올바른 성원을 보낼 수 있는가 하는 점이 자식이 그 상황을 딛고 일어서는 데 커다란 영향을 끼치게 됩니다. 그렇지만 '아이가 제아무리 나이를 먹어도 부모는 부모다. 그러니 부모의 말대로 하기만 하면 된다.'는 단순한 의미가 아닙니다.

오히려, 자녀가 어른이 되어서도 삶에 적응하지 못하는 원인은 그때까지의 자녀교육 속에 숨어 있는 경우가 많습니다.

그런 사실을 깨닫고 "우리들은 최선을 다해서 너를 길렀다고 생각했는데 너에게는 뭔가 견디기 힘든 점이 있었을지도 모르겠다. 무엇이 부족했었는지 가르쳐주기 바란다. ……그런 생각을 갖게 해서 미안하다."고 자녀에게 사과를 하는 기분으로 이해하고, 격려를 해주는 것이 무엇보다도 중요합니다.

　지금까지의 경험에 비추어보자면, 집안에 들어앉아 버
리는 아이의 경우는 아이의 어머니가 행복감을 느끼지 못
하는 경우가 많았습니다. 남편과의 관계가 차가워져서
'이런 결혼은 하지 않는 편이 나을지도 몰랐다.'고 후회를
하거나, 시어머니와 관계가 좋지 못해서 언제나 감시당하
고 있다고 느끼거나, 우울증 상태에 가깝고 부정적인 사
고방식을 가지고 있는 경우가 많습니다.

　한 집안의 태양인 어머니가 삶에 대한 의욕을 잃고 어
두운 마음으로 하루하루를 보낸다면 그 가정은 빛이 없

는 어둠 속에 있는 것과 같습니다. 살아가기 위해서 어머니로부터 따뜻한 빛과 같은 에너지를 받아야 할 아이들은 그것이 부족한 나날이 계속되면 언젠가는 에너지가 완전히 떨어져버립니다. 자녀들의 그런 상태가 집안에 틀어박히는 현상으로 표현되는 것이라 생각됩니다.

또한 부모가 앞서 말한 '금지령'이나 '드러나지 않은 명령'과 같은 부정적인 말만을 하게 되면 아이는 어른이 되어서도 자신에 대해서 자신감을 갖지 못하기 때문에 좀처럼 자립하지 못합니다.

나이와 관계없이 아이들이 무엇보다도 듣고 싶어 하는 말은 "너를 사랑한다.", "네 편이다.", "네가 옳았다." 등 아이의 존재를 긍정하고 칭찬하는 부모님의 말씀입니다.

이런 말들 속에는 강한 에너지가 숨겨져 있습니다. 단적인 예로 "나는 네 편이다. 모든 사람들이 너를 버려도 나는 절대로 너를 버리지 않는다."고 말해준 부모님이 있다는 사실만으로도 비행소년이 마음을 고쳐먹은 경우도 있습니다.

특히 사춘기 이후에는 '네가 해온 일은 누가 뭐라고 해도 올바른 것이었다.'며 본인이 취한 행동을 정당화하는 말이 용기를 갖게 하는 데 도움이 됩니다.

부모의 눈에 어떻게 보이든 상관없이 모든 아이들은 잘못된 행동은 하지 않는 것이 원칙입니다. 그럴 수밖에 없어서 한 행동이 결과적으로 불건전한 방식으로 나타나게 된 것일 뿐입니다. 따라서 누구보다도 불안감과 죄악감을 느끼고 있을 당사자에게 용기를 낼 수 있는 말을 해준다면 든든한 땅 위에 서 있는 것처럼 안정감을 느끼게 되고 힘을 낼 수 있습니다.

상담했던 D양은 용기를 북돋워주는 부모의 이런 말들을 기다리고 있었지만 끝까지 듣지 못했다고 이야기하였습니다.

D양은 전통 있는 가문의 장녀로서 청초하고 교양 있는 여성이었습니다.

그녀는 대학을 졸업한 뒤 선을 봐서, 일류대학을 졸업하고 일류기업에 다니고 있는 남성과 결혼했습니다. 누가 보더라도 잘 어울리는 부부였습니다.

하지만 남편은 여성의 마음을 잘 이해하지 못하는 남자였습니다. 언제나 자신의 일과 학력을 자랑했으며, 부인에 대해서는 집안은 좋지만 눈치가 없고 여성으로서의 매력이 부족하다며 불평을 했고 때로는 폭력을 휘두르는 경우도 있었다고 합니다. 또한 시댁으로부터 "아직도 애가 없는 거냐?", "아이가 생기지 않는 건 너에게 원인이 있기 때문이 아니냐?"는 말을 듣게 된 것도 이혼을 생각하게 된 요인 중에 하나였습니다.

남편은 언제나 밤늦게 피곤에 지쳐서 돌아왔고 주말에도 출근해서 집에 없는 날이 더 많았습니다. 아이를 갖고 싶다고 내가 먼저 말할 수 있는 분위기가 아니었습니다. 그래도 아이가 생기면 가정이 안정될까 싶어서 병원에도 가보았지만 내게는 문제가 없다는 말을 듣고……. 그런데 남편에게 그렇게 말을 하자 "그럼 내게 원인이 있단 말이야? 우리 집안에 불만이 있다면 집에서 나가라!"고 하여 싸움을 하게 되었습니다.

결국, 남편과 마음의 연결고리를 찾지 못하고 생활에 지친 D양은 혼자 친정으로 돌아왔습니다. 하지만 그녀를 기다리는 것은 이혼한 그녀를 비난하는 어머니의 목소리였습니다.

"너는 왜 그렇게 항상 네 생각만 하니? 가르칠 만큼 가르쳤고 훌륭한 사람 찾아서 연결시켜 줬더니 제 마음대로 이혼을 하다니. 다른 애들은 다 결혼을 해서 아이들도 낳았는데 너만 이렇게 돌아와서 빈둥거리고 있으니 창피해서 동네 사람들하고 친척들 얼굴을 볼 수가 없다!"

매일 이런 어머니의 잔소리를 듣는 동안 D양은 우울증에 걸리게 되었으며, 병도 얻게 되었습니다. 상담을 하게된 것은 그런 상태에 빠져 있을 때였습니다.

혈색이 좋지 않고 아주 피곤한 표정을 짓고 있는 그녀에게 이런 말을 했습니다.

"당신에게는 아무런 잘못도 없어요. 이혼을 하게 된 것은 당신이 아니라 환경이 나빴기 때문이에요. 당신은 그런 상황 속에서도 열심히 최선을 다해서 살아왔으니 자신이 잘못했다는 생각은 이제 버려요."

이 말을 듣자 창백했던 그녀의 얼굴에 드디어 붉은 기운이 감돌기 시작했습니다. 그리고 기쁘다는 표정을 지어 보이면서 다음과 같은 말을 했습니다.

"그런 말 처음 들었어요. 나, 잘못한 거 아니죠?"

청년기의 자녀는 스스로 문제를 해결할 수 있는 능력을 가지고 있습니다. 단지 그 에너지가 고갈되어 있을 뿐입니다.

이럴 때 부모가 해야 할 일은, 지쳐 있는 자녀를 꼭 끌어안고 "힘들었지?"라고 공감해주고 "네가 옳았다. 우리들은 언제나 네 편이다."라고 응원해주고 에너지를 회복할 수 있도록 최선을 다해 도와주는 일입니다.

　그러기 위해서 부모는 쓸데없는 허영이나 체면은 버리고 자신이 가지고 있는 모든 것, 돈·지혜·인맥을 자식을 위해서 전부 활용해주도록 합시다. 부모와 자식 간의 관계는 거래관계가 아닙니다. 아무것도 바라지 않는 애정이야말로 자녀의 삶에 대한 힘을 이끌어내 주는 원천입니다.

현재의 모자 관계는?

지금 여러 가지 문제를 일으키고 있는 10대에서 20대 자녀를 둔 부모들은, 고도성장기에 유년기를 보냈으며 호황을 누릴 때 청년기를 보낸 분들입니다.

그 때에 비해서 지금은 어떤 점들이 달라졌을까요? 잠깐 되돌아보도록 합시다.

고도성장기 이전이었던 1959년 무렵까지는 이른바 전후의 빈곤한 시대였습니다. 사람들의 생활은 빈곤했지만 아직 가족의 따뜻함이 존재하고 있었으며, 생활리듬에도 여유가 있었습니다. 그 때문인지 문제를 일으키는 것은 가난 때문에 물건 훔치기나 도둑질을 하는 등 일부 아이들에게 국한되어 있었습니다.

1960년부터 1970년대 전반에 걸친 고도성장기부터 학력을 중시하는 경향이 강해졌으며 그 때문에 학력부진으로 고민하며 등교를 거부하는 학생들이 나타나기 시작했습니다. 학원에 다니면서 여러 가지를 배우는 아이들이 늘어나기 시작한 것도 이 무렵부터입니다. 그래도 그때까지는 동네에 공터가 있었고 아이들에게는 아이들 나름대로의 문화가 있었고 건강함도 잃지 않았습니다.

1970년대 후반부터 1980년대까지는 오일 쇼크로 인해 고도성장이 멈췄지만 거품경제에 의해서 성장을 계속하던 시기입니다. 아이들은 언제나 바쁘기만 한 아버지의 부재와 심화된 입시 경쟁 등의 이유로 학교에서 받은 스트레스를 그대로 교내 폭력이라는 형태로 폭발시키거나 폭주족에 들어가 미친 듯이 달리는 등의 형태로 표출하는 경우가 급속하게 늘어났습니다 이렇게 눈에 보이는 폭력이 진정됨과 동시에 집단따돌림이 시작되었으며, 자기 방에만 들어앉아 있거나 거식증, 가정 내 폭력, 알레르기 등 현재도 계속되고 있는 아이들의 문제가 속출하기 시작한 것이 이 시기였습니다.

1990년대에 들어서 거품경제가 붕괴되고 저속성장기에 접어들면서 집단따돌림은 더욱 더 집단화되었으며 치밀어 오르는 분을 참지 못하는 아이들에 의한 범죄가 많

아짐과 동시에 부모들에 의한 아동학대도 급증하였습니다.

결국, 부모들이 아동기, 청년기에 겪어왔던 것과 같은 일들이 지금 아이들에게도 똑같이 일어나고 있는 것인데 그 양상은 생활리듬이 빨라지고 숨막히는 시대상황을 반영해서인지 더욱 악화되었습니다.

고도성장기의 가치관은 황금만능주의였습니다.

'물건을 만들 능력이 있으면 돈을 벌 수 있다. 돈이 있으면 행복해질 수 있다.'며 당시의 부모님들은 모두 입을 모아서 "공부를 잘 해서 좋은 학교에 들어가고, 좋은 회사에 들어갈 수 있는 아이가 되라."고 아이들을 닦달했습니다.

하지만 아이들 뇌의 발달과정에서 풍부한 감수성을 길러야 할 시기에 "공부, 공부"하면서 효율만을 중시하는 사고를 훈련시키게 된다면 역효과가 나타납니다.

우리들은 어느 때 사고하게 되나요? 예를 들어서 우선 '배가 고프다.'고 느끼고 그 욕구를 실현하기 위해서 '밥을 먹으려면 어떻게 해야 하나?'라는 수단을 생각합니다. 그래서 근본이 되는 '사물을 느끼는 힘'을 충분히 키우지 못하면 사고력도 키울 수 없다는 것은 당연한 일입니다. 생각하기 전에 느끼는 힘을 키우는 것이야말로 활발하고 건강한 아이를 키우는 데 매우 중요한 요소입니다.

이런 예가 있습니다.

하루는 내가 전철역에서 전철을 기다리고 있는데, "엄마 개미가 아주 많이 걸어가고 있어."라고 말하는 귀여운 목소리가 들렸습니다. 아직 4, 5살 정도밖에 되어 보이지 않는 남자아이로 승강장에서 바라본 발밑의 교차로에서 있는 사람들이 개미처럼 보여서 매우 흥분한 것 같았습니다.

그러자 어린이용 바이올린 케이스를 손에 쥔 누나와 어머니가 다가가서 "알았어, 알았으니까 얼른 와."라며 그 아이의 손을 잡아끌고 빠른 걸음으로 사라졌습니다. 아직 무엇인가 할 말이 남았다는 듯한 표정으로 뒤돌아보던 그 아이의 모습을 지금도 잊을 수가 없습니다.

사실, 아이들은 예전과 다름없이 지금도 풍부한 감성이 넘쳐나고 있는데 그것을 길러주어야 할 우리 어른들이 그 것을 무시해버리고 있습니다.

아이는 무슨 말을 해도 '아이가 하는 말이니.'라며 가볍게 보거나 '공부도 못하면서.'라고 상대해주지 않는 경험을 계속해서 하게 된다면 어떻게 될까요?

어른에게 말을 걸기는커녕 스스로 무엇인가를 느끼는 일조차도 하지 않게 될 것입니다.

시간을 들여서 사물을 천천히 음미하는 체험은 못하게 하고 '결과만 좋으면 된다.'며 암기만 하는 공부를 강요받은 아이들은 모두 입을 모아서 '학교에 가봐야 별 재미가 없다.', '살아봐야 별 재미가 없다.'고 말합니다. 배우는 즐거움, 살아가는 즐거움을 모두 어른들에게 빼앗겨서 이를 느끼지 못하는 것입니다.

영양분을 공급하지 않으면 몸이 성장하지 못하는 것과 마찬가지로, 기쁨이라는 양식이 없으면 마음이 자라지 못하기 때문에 모든 아이들의 마음이 황폐해집니다. 무엇을 물어도 '특별히…….'라고 대답하는 무관심, 무감동, 무기력한 아이가 됩니다.

아이들은 일상적인 대화 속에서 언제나 설득만 당했지 스스로 느끼지 못하는 삶을 살아가는 자신에게서 아무런 기쁨도 발견하지 못합니다. 그래서 '더 이상 살아봐야 별거 없다.'고 생각하게 되는 것입니다. 그 무시무시한 허무감이 소년범죄와 같은 무책임한 행동으로 아이들을 내몰고 있다는 생각을 지울 수가 없습니다.

심성을 기르기 위한
대화술이란?

그렇다면 아이들의 마음에 기쁨이 넘치게 만들기 위해서 부모들은 어떤 점에 주의하고 어떤 말을 하면 되는 걸까요?

아이의 발달은 자동차의 앞바퀴와 뒷바퀴의 관계에 비유할 수 있습니다. 우선 자동차의 뒷바퀴에 해당되는 것이 생물로서의 몸의 성장과 감정 감성의 발달입니다.

세상에 태어나 처음으로 울음을 터트리는 아기 때부터 부모들은 열심히 젖을 물리고 밥을 먹이며, 기저귀가 젖어 울음을 터트리면 기저귀를 갈아주는 등 생리적인 욕구를 재빨리 채워줍니다.

이렇게 몸이 성장해 가는 동안 그 아이의 감정·감성도 성장해 갑니다. 배가 고파 울었을 때 따뜻하고 맛있는 젖을 먹을 수 있었던 기쁨, 외로워서 울고 있을 때 언제나 따뜻한 팔이 안아주는 안도감 등 이렇게 감정적으로 만족감을 맛보아야만 비로소 자동차의 뒷바퀴, 즉 아이들의 마음과 몸이 튼튼해집니다.

자동차의 앞바퀴에 해당하는 것이 사고력의 발달입니다. 사람은 무엇인가를 느껴야만 비로소 생각하기 시작하는데, 부모로부터 애정이라는 휘발유를 듬뿍 받아 뒷바퀴가 움직이려고 할 때 비로소 생각하기 시작하며 그것이 아이의 의지가 됩니다. 이 의지라는 핸들에 따라서 앞바퀴가 방향을 정함으로 해서 아이는 자신감을 가지고 인생이라는 도로를 달릴 수 있게 되는 것이지요.

가장 이상적인 것은, 자동차의 뒷바퀴는 어머니가 중심이 되고 앞바퀴는 아버지가 중심이 되어 돌려주는 것입니다.

가정이라는 '삶의 장소'를 지키는 어머니가 '너를 사랑해.', '지금 그대로의 너를 소중하게 생각하고 있단다.'라는 메시지를 아이에게 보냄으로써 우선 처음으로 생명력을 불어넣는 것입니다.

그리고 마음과 몸이 건강하게 자란 아이에게 사회라는 '생활의 장소'의 규칙을 잘 알고 있는 아버지가 '이 일을 해

내기 위해서는 어떻게 하면 좋을까?, 잘 생각해서 네가 결
정을 해보렴.'이라고 말함으로써 아이의 사고력을 길러주
고 앞으로 나아갈 길을 제시해준다면 효과적일 것입니다.

　아버지는 아이에게 앞길을 제시해 줌과 동시에 끊임없
이 뒤를 돌아보면서 아이를 키우기에 여념이 없는 어머니
에게도 애정이라는 에너지를 공급해주기 바랍니다. 그것
이 순환되어 아이가 씩씩하게 달리기 위한 에너지가 되기
때문입니다. 또한 마음을 풍부하게 해주는 대화라는 의미
에서는 사람뿐만 아니라 자연과 대화를 나누는 것도 매우

중요합니다.

요즘 일본인은 원래부터 가지고 있던 장점, 배려하는 마음과 협동정신, 물건이 아닌 자연을 숭배하는 마음 같은 것들을 점점 잃어가고 있는 듯한 느낌입니다.

고도성장기 이전의 우리국민들은 농경민족이라는 특성 때문에 자연의 변화와 하나가 되어 살아왔습니다. 태양과 달, 모든 생물에 신이 깃들어 있다고 믿었으며, 협동심을 가지고 겸허하게 살았습니다. "달님은 낮에는 나오지 않지만 언제나 너를 지켜보고 있단다. 그래서 달님이 보기에 부끄러운 일을 해서는 안 되는 거란다."는 어머니의 말씀을 들으며 자랐던 기억이 생생합니다.

나무를 꺾으면 '나무가 울고 있다.', 벌레나 새가 울면 그 소리를 듣고 '아, 여름이 왔다.', '아침인사를 하고 있다.' 하는 식으로 생물과 이야기를 나눌 수 있다는 사실은 우리국민들이 자랑스럽게 여겨도 좋을 특징이었으며 대자연 심지어는 우주 전체와 연결되어 있다고 느낌으로써 자연환경과 우주로부터 에너지를 받았습니다.

지금은 아이들이 흙과 친숙해질 기회가 많이 줄어들었습니다. 그러나 감성을 기르는 것이 무엇보다도 중요한 아동기만이라도 부모님과 함께 자연과 함께 하고 자연과 대화할 수 있도록 해주십시오.

그렇게 어렵게 생각할 필요가 없습니다. 창가에서 하늘에 흘러가는 구름을 바라보거나, 여름밤에 별이 가득한 하늘을 바라보거나, 함께 식물을 기르며 대지의 에너지를 느껴보는 것입니다. 이렇게 조용한 가운데 자연계나 우주와 일체감을 느껴 보았다는 기억이 마음 속에 새겨지면 아이들이 성장한 후에도 눈앞의 외로움, 허무감에 휩싸이는 일도 적어지게 되지 않을까요?

옛날 사람들은 계절에 따른 여러 가지 행사를 소중하게 생각했습니다. 그것은 매일매일의 생활에 풍부한 이야기 거리를 제공해주었으며, 놀이를 원하는 마음을 채워주었으며, 일상의 스트레스를 해소해주는 작용을 했습니다. 그런 조상들의 지혜를 헤아려보는 것도 좋지 않을까 생각합니다.

노년이 되면
익혀야 할
대화술

노년의 인간 관계

50대에서 60대에 걸친, 즉 노년이 시작되는 시기는 부부나 가족의 바람직한 모습에 대해서 다시 한 번 생각해 보는, 인생을 되돌아보는 때라고 할 수 있습니다.

아이들을 다 길러놓고 한숨을 돌리는 것도 한 때, 곧 남편의 정년퇴직이 찾아옵니다.

그와 동시에 아이들의 결혼에 따른 고부간의 문제, 부모님을 모시는 문제, 고령자로서 긴 여생을 즐겁게 보내기 위한 친구 만들기 등 지금까지는 없었던 인간 관계에 대한 문제가 속출하게 됩니다.

노년을 충실하게 보내기 위해서는 '돈, 건강, 인간관계' 등의 세 가지가 중요하다고 합니다.

그 중에서 돈이나 건강은 타인으로부터 도움을 받을 수

있는 것들입니다. 그 나이가 되면 유산을 물려받는 분도 계실 것이며 꼭 필요하다면 금융기관으로부터 빌릴 수도 있습니다.

건강은, 병에 걸렸을 때는 의사의 힘을, 간병은 복지의 힘을 빌릴 수 있습니다. 하지만 인간관계만은 자신의 힘으로 극복할 수밖에 없습니다.

"남편은 꼴도 보기 싫다. 더 이상 함께 하고 싶지 않다."

"예의라고는 눈곱만큼도 없는 며느리. 하는 짓마다 미워 죽겠어."

"왜 우리 부부만 어머님을 돌봐야 하는 거지? 다른 형제들은 왜 자기들 생각만 해?"

이런 식으로 마음 속에 솟아오르는 좋고 싫음에 대한 감정은 그 사람만의 몫입니다. 누군가를 좋아할 수 있도록 다른 사람이 도와줄 수는 없습니다.

'왜 남편과 며느리와 친척들과 원만한 관계를 유지하지 못하는 걸까?'

자신의 마음 속에 스스로 물어보고 상대와 대화를 나누면서 해답을 찾고, 가능한 한 상대를 받아들이면서 사이좋게 살아가도록 노력하는 것이 중요합니다.

제3장에서는 정년퇴직 후의 부부간, 고부간, 친구 문제,

간병 등 각각의 상황에 따라서 '바람직한 인간 관계'를 맺기 위해서는 어떤 대화술을 익혀야 하는지에 대해서 생각해보기로 하겠습니다.

50세를 넘긴 부부

오랜 동안 회사에서 생활하던 남편이 정년퇴직을 하고 집으로 돌아옵니다. 이럴 때 부부는 다시 한 번 서로를 마주 대해야 하는데, 그때까지 보이지 않던 두 사람 사이의 골이 생각보다 깊었다는 사실을 깨닫고 상담을 하러 오시는 부인들이 상당히 많습니다.

남편이 한 회사의 영업 부장이던 E씨도 그런 분들 중 한 분이 었습니다.

E씨가 외로움과 남편에 대한 불신을 느끼기 시작한 것은 이미 10년 전인 40대 후반부터의 일이었다고 합니다.

그 무렵 도시에 있는 대학에 진학한 외아들은 제대로 연락도 하지 않았고, 남편은 계속되는 접대로 매일 12시가 넘어서야 퇴근합니다. 어쩌다 휴일에 "매일 나혼자 집에만 있고, 외로워서 견딜 수가 없어요."라고 남편에게 말을 해도 "지금 중요한 시기라는 걸 알고 있잖아. 회사의 존망이 걸려 있단 말이야."라고 야단만 칠뿐이지 상대조차 해 주려 들지 않았습니다.

당시에는 '남편에게 무슨 말을 해도 이 상황은 변하지 않는다. 그러니 내가 좋아하는 일을 스스로 찾아서 하자.'고 생각했습니다.

나는 나대로 즐겁게 살아가자, 이렇게 결심한 E씨는 친

구의 소개로 알게 된 문화센터에서 도예와 원예를 배우며 취미를 통해서 알게 된 친구도 늘어나 점점 외로움을 느끼는 일도 적어졌습니다. 그렇게 지내는 동안 아들도 대학을 졸업하여 무사히 취직을 하였고 이제 한숨을 돌리려나 싶었을 때, 남편이 정년퇴직을 맞이하였습니다.

퇴직 후 2년 정도는 매일 남편과 단 둘이서 지내는 생활에 혼란을 느끼면서도 두 사람이 퇴직금으로 하와이 여행을 즐기기도 하고 예전부터 생각해오던 집안 수리도 하는 등 나름대로 충실한 나날을 보냈습니다.

그런데 3년째로 접어들면서부터 절약해서 생활해야 했고, 여전히 아무런 취미도 없이 친한 친구도 만들려하지 않고 집에서 빈둥거리기만 하는 남편에게 불만을 느끼게 되었다고 합니다.

E씨도 예전에는 친구들과 쇼핑을 하고 차를 마시거나 취미생활을 즐기곤 했지만 남편이 집에 있게 되면서부터는 그렇게 간단하게 외출을 할 수 없었기 때문에 집에 있는 날이 많아져서 친구도 점점 줄어들었습니다.

"그 당시에는 매일 두 사람이 말없이 얼굴을 마주하고 있을 뿐이었습니다. 이런 날들이 앞으로도 계속 되는 건가, 하는 생각이 들자 차라리 이혼을 해서 해방되고 싶다

는 생각이 들기도 했습니다. 남편에게 어떻게 말을 해야
이 상황을 바꿀 수 있을까요?"

이렇게 말하는 E씨는 나름대로 최선의 노력을 다하며
최근 몇 년을 지내 왔다는 생각이 들었습니다. 하지만 아
내의 입장에서만 일방적으로 일을 생각하고 있다는 점이
마음에 걸렸습니다.

"남편에게 상황을 바꿔 달라고 말하기 전에, 만약 당신
이 남편의 입장이었다면 아내로서 어떤 식으로 대해주길
바랄지 한번 생각해보지 않으시겠습니까? 돈을 벌어오지
못하면 쓸모없는 존재, 아내의 자유를 빼앗을뿐인 존재
로 보인다면 과연 어떤 기분이 들겠어요? 당신 외에도 이
런 문제로 상담을 하러 오시는 분들이 많아요. 그 중에서
대조적인 부부가 계셨어요. 퇴직하신 남편에게 '지금까지
계속해서 열심히 일만 해오셨으니 당신 쉬시고 싶은 만큼
쉬세요. 그러다가 뭔가 하고 싶은 일이 있으면 그때 다시
하세요.'라고 말한 분의 남편은 좋아하던 정원사 일을 하
기 위해서 훈련원에 다니셨고 지금은 그 일을 본격적으로
시작하셨어요. 하지만 다른 부인은 불만이 너무 심해서
'당신이 이렇게 집에만 있으면 내가 자유롭게 움직일 수
가 없어서 아주 화가 나요. 당신은 놀고 있는데 나는 집안

일을 해야 하다니 이것도 불공평해요!'라고 몰아부쳤습니다. 그 분의 남편은 얼마 지나지 않아서 우울증에 걸려버렸죠. 그 정도로 아내의 태도는 아주 중요합니다."

부부의 관계개선에서 가장 중요한 것은 용서하는 마음입니다. 그 동안 서로를 미워하는 마음이 제아무리 쌓였다 하더라도 그것을 솔직하게 이야기함으로써 서로를 용서하고 서로의 존재가 얼마나 소중한 것인지를 깨닫는다면 눈앞의 문제는 틀림없이 해결해 나갈 수 있습니다.

그리고 남편에게 '친구를 만들어라.', '취미나 운동을 시작해서 외출할 기회를 만들어라.'는 등 바라는 것이 있다면 그것을 '내 메시지'로 전달해보는 것은 어떻겠냐고 E씨에게 충고해주었습니다.

얼마 후에 다시 모습을 드러내신 E씨는 "그 날 이후로 정말 힘들었어요."라고 말하면서도 어딘지 모르게 밝은 표정을 짓고 있었습니다.

"아들이 갑자기 속도위반이라고 해야 하나, 아이가 생겼으니 결혼을 해야겠다고 하지 뭡니까. 한바탕 소동이 벌어져서 남편과의 이혼은 생각할 틈도 없었어요. 그건 그렇고 어쨌든 남편과 이야기를 할 수 있어서 다행이었습니다. 남편도 역시 남편대로 외로움을 느끼고 있었다고 합니다. 자기는 회사를 그만둔 뒤로 친구들과의 연락도 끊겼는데 나는 친구들과 전화로 수다를 떨기도 하고 외출을 하기도 하니 분한 생각이 들었다고 합니다. 그래서 남편도 함께 할 수 있는 일이 없을까 생각한 끝에 둘이서 걷기를 시작했습니다. 남편은 아들이나 손자를 생각해서라도 우리 부부가 건강하게 열심히 살아야겠다고 말했습니다."

E씨처럼 아들의 결혼을 계기로 부부간의 대화가 깊어진 것은 행복한 경우라고 말할 수 있을지도 모릅니다. 이 나이의 부부에게는 친정 부모나 시부모에 대한 간호, 아이들의 이혼, 실직, 부부 중 한 사람의 건강악화 등과 같이 스트레스를 동반하는 여러 가지 문제들이 생기는 것이 일반적입니다.

그럴 때, "어쨌든 둘이서 헤쳐 나가자."며 손을 잡을 수 있도록 하기 위해서는 가능한 한 자녀가 독립하기 전인 40대에 미래에 대한 이야기를 나누도록 해야 합니다. 10년, 20년 전부터 "노후에는 자연을 가까이서 접할 수 있는 전원에서 생활하자.", "조그만 것이라도 좋으니 둘이서 장사를 하자." 등 자신들의 미래의 목표를 부부가 함께 생각해보면 좋을 것입니다. 결혼기념일 등을 이용하여 앞으로 어떤 부부가 되었으면 좋을지에 대해서 이야기할 수 있는 기회를 만들어보는 것은 어떻겠습니까?

고부 갈등의 원인

　노년기 여성에게 남편과의 관계 다음으로 마음을 무겁게 하는 것은 고부간의 갈등이 아닐까 합니다. 얼마 전까지만 하더라도 고부간의 문제는 풀리지 않는 영원한 과제라고 했습니다. 하지만 지금은 옛날과는 달리 며느리들도 강해졌으며 핵가족화 되었기 때문에 고부간의 문제는 많이 줄어든 듯합니다.

　그렇지만 실제로 여성들의 이야기를 들어보면 아직도 시어머니나 며느리에 대한 고민이나 불평을 말씀하시는 분들이 헤아릴 수도 없이 많습니다. 밥을 먹을 때만 해도 "할머니가 되어버린 시어머니와 함께 식사를 하는 건 이제 진절머리가 나요. 이가 좋질 않아서 쩝쩝 소리를 내질 않나, 내가 만든 음식에 대해서, '이런 건 늙은이 입에 맞지 않는다.', '음식 솜씨가 없는 며느리, 우리 아들이 불쌍하다.'며 불평만 하질 않나. 하루 세 번 음식을 장만하는 내 입장이 되어보라고 해보세요."

"옆집에 살고 있는 아들네 가서 밥을 먹었는데 며느리가 젓가락을 너무 지저분하게 써서 깜짝 놀랐어요. 젓가락 잡는 법도 제대로 모르더라고요. '너 대체 집에서 뭘 배운 게냐?'라고 물었더니 뽀로통해져서는, 왜 그렇게 비뚤어졌는지 모르겠어요."

이렇게 서로에 대한 불만이 헤아릴 수도 없이 많습니

도량

겸허

다. 고부간의 갈등은 결혼이 결정되는 순간부터 시작되는 경우가 많다고들 합니다.

며느리란 다른 환경을 가진 집안에서 들어온 사람입니다. 요즘처럼 핵가족화 될수록 각 집안의 환경이 더욱 다르기 때문에 받아들이는 시어머니, 새로 들어온 며느리 모두 혼란스러움을 느끼게 되는 경우가 더 많습니다. 그 혼란스러움이 오해를 낳고, 갈등의 원인이 되기도 합니다.

예를 들어서 한 시어머니의 경우는 며느리가 결혼할 때 가지고 온 혼수 때문에 둘 사이의 불화가 시작되었다고 합니다.

"내가 자란 고향에서는 보통 혼수를 화려하게 장만하는 풍습이 있어서 가구나 옷 등을 많이 준비합니다. 그런데 며느리는 자기 지방 풍습대로 간소하게 장만해서 왔을 때 나도 모르게 '어머, 이게 다야?'라는 말을 해버리고 말았습니다. 그 날부터예요, 며느리는 내가 물욕이 강하다는 등, 내가 자기를 깔보고 있다는 등, 아들에게 여러 가지 말을 하는 것 같아요."

예전처럼 선을 봐서 결혼을 하는 경우가 많았고, 지역 내에 살고 있는 사람들끼리 결혼을 하는 경우가 많았던 시절에 이런 불화는 생각지도 못했을 것입니다. 연애결혼이 주류를 이루는 지금은 시어머니가 '아들이 제 맘대로 끌어들인 며느리니 어쩔 수 없지.'라는 부정적인 마음을 가지고 있다면 며느리도 새로운 집에 익숙해져야겠다고 하는 긍정적인 마음을 가지지 못합니다.

원만한 고부관계를 유지하기 위해서는 시어머니의 넓은 도량과 며느리의 겸허함이 있어야 한다고 생각합니다.

우선 연장자인 시어머니가 '아들이 선택한 사람이니 틀림없이 좋은 사람일 거야.'라고 믿고 '우리 아들을 누구보다도 사랑해주는 사람을 만나게 되었으니 다행이다.'라는 환영하는 마음을 가지고 맞아들이는 것이 중요합니다. 시어머니가 나는 이 집안의 리더라는 생각을 가지고 위세를 부릴 것이 아니라 젊은 며느리를 귀여워해주고 모르는 것이 있으면 가르쳐주도록 신경쓴다면 고부 관계는 원만하게 시작될 수 있을 것입니다.

또한 며느리도 '내가 남편과 결혼해주었다.'는 오만한 생각을 품고 있어서는 안 됩니다. '나를 새로운 가족으로 맞아주었다.', '인생 선배인 시어머니와 시댁 식구들에게 여러 가지로 배워야지.'라는 겸허한 마음을 가지게 된다면 즐거운 마음으로 환대를 받게 될, 그리고 고부 관계의 열쇠를 쥐고 있는 것은 두 사람 사이에 있는 남편(아들)입니다.

　남편은 아내라는 횡적 관계와 어머니라는 종적 관계가 교차하는 십자로의 한가운데 위치하고 있습니다. 양쪽 모두 소중한 관계지만 근본적인 관계라는 입장에서 보자면 역시 어머니와의 관계가 더욱 강할 것입니다.

　혈연 관계인 어머니와 아들의 인연은 그렇게 간단하게 끊을 수 있는 것이 아닙니다. 게다가 지금까지 몇 십년 동안 함께 생활했다는 굵은 연결고리가 있습니다.

　따라서 바로 그 만큼의 여유를 생각하여 시어머니는 며느리의 마음을 헤아리고, 아들인 남편은 의식적으로 아내의 입장에 서서 생각을 하도록 하는 편이 결과적으로 원만한 고부 관계를 유지할수 있는 길입니다.

　아들이 며느리 편을 든다면 '이 아이도 이제 어른이 되었구나.'라며 오히려 아들의 성장을 기뻐해 주십시오. 남편이 감싸주는 데서 오는 안도감을 느끼게 될수록 며느리의 마음에도 '시어머니가 계셨기에 내가 사랑하는 남편도 존재할 수 있다.'는 감사의 마음이 자연스럽게 생겨납니다.

좋은 고부 관계

지금 여성의 평균수명은 80세가 훨씬 넘는다고 합니다.

즉, 20대에 결혼을 해서 아내로서 살아가야 하는 기간이 길면 60년 가까이나 되며, 자신이 시어머니가 되어서도 20년이나 30년은 다음 세대인 며느리와 함께 살아가야만 합니다.

이렇게 오랜 기간을 좋지 않은 고부 관계를 유지하면서 지내기에는 너무 아깝다는 생각이 들지 않습니까? 그보다는 서로가 자신의 존재로 인해서 상대가 즐겁고 행복한 시간을 보낼 수 있도록 노력하는 편이 훨씬 더 의미 있는 일이 될 것이라고 생각지 않으십니까?

나는 며느리에 대한 시어머니의 생각이나 말하는 방법을 바꿈으로써 고부간의 갈등은 얼마든지 해결할 수 있다고 생각합니다.

한 할머니의 이야기를 예를 들어보도록 하겠습니다. 할머니에게는 아들이 세 명 있습니다. 혼자 생활하지만 언제나 아들집에서 "어머니 함께 살아요."라고 불러주기 때문에 그럴 때마다 그곳에서 즐겁게 묵는다고 하십니다. 세 며느리들이 이처럼 시어머니를 소중하게 여기게 된 이유가 어디에 있냐고 묻자 "그건 말이죠, 내가 주로 며느리들의 좋은 점만 보기 때문이라고 생각해요."라고 대답하시며 빙그레 웃는 것이었습니다.

세 며느리들의 성격은 제각각 다릅니다. 그런 며느리들에게 각각 다음과 같은 말을 하신다고 합니다.

"너는 음식을 아주 잘 하는구나. 맛있는 음식을 먹게 돼서 기쁘다."

"너는 정리를 아주 잘 하는구나. 언제나 집안이 깨끗해서 기분이 좋다."

"너는 애들 교육에 신경을 많이 쓰는구나. 애들이 아주 착하게 자랐어."

그리고 다음이 중요한 핵심인데 어느 집에 가든지 "너도 잘 대해줘서 고맙다. 큰애 집에서도 이렇게 잘 대해 줬단다. 다들 착한 며느리들이라 기쁘다."라며 며느리들의 좋은 점만 이야기한다고 합니다.

며느리들은 틀림없이 "다른 형제들 집에 가서도 어머니는 나의 좋은 점만을 이야기하실 거야."라며 진심으로 안심하고 상냥하게 대하게 되었답니다. 시어머니가 좋은 점만을 이야기하기 때문에 자연스럽게 이 세 집안의 환경이 모두 좋아지게 되었다는 것을 알 수 있습니다.

이 할머니처럼 시어머니와 며느리가 상호 존재함으로써 서로 즐겁고 활발하게 살아갈 수 있다면 이것이 가장 이상적인 모습일 것입니다. 하지만 때로는 시어머니와 며느리가 진심을 털어놓고 이야기를 나누지 않으면 안 될 경우도 있습니다. 함께 사는 문제, 경조사에 관한 문제, 장지(葬地)에 관한 문제 등 자녀가 한 명밖에 되지 않는 가정이 늘어가고 있는 지금은 서로 가족의 일원으로서 진지하게 이야기를 나눠야만 할 문제들이 산더미처럼 쌓여 있습니다.

진심을 털어놓음으로써 일시적으로는 충돌하더라도 그것을 피하는 것보다는 후에 더 좋은 결과를 얻게 됩니다. 왜냐하면 오랜 시간을 함께 지내야 할 시어머니와 며느리 중 어느 한쪽이 계속해서 참기만 한다면 언젠가는 그 감정이 폭발해버리기 때문입니다. 감정적인 말다툼으로 번

져서 남편이나 아들까지 휘말리게 되는 문제로까지 몰고 가기보다는 어떤 문제든 그 자체에 대해 냉정하게 대화를 나눔으로써 해결하는 것이 가족 전체에게 좋은 영향을 줍니다.

시어머니와 며느리가 이야기를 나눌 때는 우선 '사실과 자신의 마음을 냉정하고 확실하게 이야기' 하는 것이 중요합니다.

대화를 나눌 때 가족 문제가 매우 심각한 것이라면 어느 한쪽 집안에서 이야기를 나누기보다는 중간 장소(호텔이나 찻집)에서 만나는 것이 좋습니다. 그렇게 심각한 문제가 아니라면 서로 시간이 있을 때 얼굴을 마주보고 이야기를 나누도록 합니다. 전화로 이야기한다는 것은 그리 쉬운 일이 아니기 때문에 반드시 서로의 얼굴을 보면서 이야기를 하도록 하십시오.

앞에서 예로 들었던 식사 때의 문제를 가지고 서로에게 자신의 바람을 확실하게 전달하는 방법에 대해서 생각해 보도록 합시다.

시어머니에게 이야기를 할 때는 우선 "꼭 하고 싶은 말이 있는데 들어주시겠어요." 라고 말을 한 뒤,

❶ 나는 (주어)

❷ 어머님과 함께 식사를 할 때, 소리를 내면서 맛없다는 듯한 표정으로 드시거나, "이런 건 늙은이 입에 맞지 않는다.", "음식솜씨가 없는 며느리, 우리 아들이 불쌍하다."고 말씀을 하시면 (상황)

❸ 밥을 먹기도 식사를 준비하기도 싫어져요. (영향)

❹ 이가 좋질 않아서 드시기 불편하시면 치과에 가서 치료를 받으시고 내 음식이 마음에 들지 않으면 무엇이 드시고 싶으신지 미리 말씀을 해주세요. (진심)

❺ 어머님은 어떻게 생각하세요? (질문)

❻ 제 얘기를 들어주셔서 감사합니다. (감사)

라고 내 메시지를 사용하여 이야기하십시오.

시어머니가 거기에 대해서 대답을 하신다면 상대방의 이야기를 가만히 들어보고 자신이 반성할 점이 있다면 솔직하게 받아들여야 합니다.

며느리에게 이야기를 할 때는 우선 "잠깐 얘기할 수 있겠니?" 라고 상대방의 의견을 물은 뒤,

❶ 나는 (주어)

❷ 전에 함께 식사를 했을 때 네가 젓가락 쓰는 것을 보고 조금 놀랐단다. (상황)

❸ 젓가락을 바르게 쥐지 않으면 먹고 있는 네 모습도 예쁘게 보이지 않을 뿐만 아니라 나도 차분하게 식사를 할 수 없게 된단다. (영향)

❹ 가능하다면 좀 더 깔끔하게 젓가락을 써줬으면 좋겠다만. (진심)

❺ 너는 어떻게 생각하니? (질문)

❻ 듣기 싫은 얘기를 들어줘서 고맙구나. (감사)

라고 전달합니다. 이때, 상대를 비난하는 듯한 말투가 아니라 '바르게 기르고 싶다.', '소중하게 생각하고 있다.'는 애정을 담아서 이야기를 하는 것이 중요합니다.

서로 이야기를 나눠보고 며느리가 바라는 것이 위와 같이 고칠 수 있는 것이 아니라 서로의 가치관의 차이에서 오는 것이라는 사실을 알게 되었을 때에는 서로의 가치관을 존중하는 유연성을 보이면 인간적으로 좋은 관계를 구축할 수 있게 될 것입니다.

간병 문제에 관한 대화

만약 자신의 부모님 혹은 시아버지나 시어머니가 갑자기 쓰러지셨다면 어떻게 해야 할까요?

나이 드신 친척이 계신 분들 중에서 이런 걱정을 하지 않는 분은 그리 많지 않을 것입니다.

할아버지 할머니를 돌봐드려야 할 필요가 있을 때는 누가 어떻게 돌봐드릴 것인가? 집에서 돌봐드리는 것이 좋을지, 병원이나 요양원 같은 곳에 모시는 것이 본인에게 좋은지 등등입니다.

아무리 생각해도 혼자서는 해결할 수 없는 문제이니 부부 아니면 모든 형제가 모여서 이야기하는 것이 중요한데, 가장 기본이 되는 것은 본인이 아직 건강할 때 미리 희망을 들어두는 일입니다 갑자기 쓰러진 부모님 머리맡에서 형제들이 "어째서 일이 이렇게 된 거지?", "누가 돌봐야 하나."라며 자신의 주장만을 하고 간병을 받아야 할 본인의 의사에는 전혀 신경을 쓰지 않는 경우가 있다는 이야기를 종종 듣습니다.

비록 가정일지라도 병에 걸렸을 경우에 대해 묻기가 힘들다는 마음은 알겠지만, 본인의 희망과는 다른 간병을 하는 것과 희망을 듣고 간병을 하는 것 중 어느 것이 더 효도하는 것일까요? 아직 건강할 때 부모와 이야기 할 수 있다는 것은 오히려 행복한 일이라고 할 수 있습니다.

부모의 생일이나 칠순, 팔순 잔치를 할 때 형제들끼리 적당한 자리를 마련하여 "아버지, 어머니는 어떻게 하고 싶으세요?" 라고 물어보는 것은 어떻겠습니까? 어떤 할아버지는 70세가 되었을 때, "만약 혼자되신다면 어떻게 하시겠어요?" 라고 자식들이 묻자 "나는 혼자 남아도 이 집에서 살 거다. 요즘에는 가게들이 많이 생겨서 먹을 것도 걱정하지 않아도 되고, 몸이 안 좋아지면 가까이에 있는 양로원에 들어갈 생각이다. 낳고 자란 이곳을 떠나고 싶지 않다."고 대답해서 조만간 큰아들에게 갈 것이라고 생각하고 있던 자식들을 놀라게 했다고 합니다.

이처럼 확실하게 대답을 해주시는 부모님이라면 상관

만약의
경우엔···

없지만, "너희들에게 맡기겠다."고 말씀하실 분도 있으리라 생각됩니다.

그런 경우에는 부모님이 어느 집에 계시는 것이 행복할지 자녀들이 모두 모여서 생각을 해보는 것이 중요합니다. 가능하다면 장남·장녀가 책임감을 가지고 다른 형제들과 미리 이야기를 나눈 뒤에 부모에게 승낙을 받아보는 방법은 어떨지요? 그러기 위해서는 평소부터 형제간에 친밀한 관계를 쌓아두는 것도 또한 중요한 요소로 작용합니다. 그리고 형제 중 누구와 함께 살면 되겠는지를 결정한 뒤에도 거기서 문제를 종결짓지 말고 각자 자신이 할 수 있는 일은 무엇인가를 생각하여 실행하도록 합시다. 금전, 시간, 수고 등 서로가 낼 수 있는 것은 서로 내도록 할 것, 그리고 직접 간병을 하고 있는 사람을 배려하는 마음을 가지고 물질적·정신적으로 지원을 해주어야 합니다.

극단적인 이야기로, 간병을 받는 부모님에게는 의사나 자녀들의 도움의 손길이 미치지만 간병을 하는 사람에게는 누구의 손길도 미치지 않기 때문에 때로는 간호하는 사람이 병을 앓게 되거나 궁지에 몰린 듯한 기분이 되어 자살을 해버리는 경우도 실제로 일어나고 있습니다.

간병하는 사람을 어떻게 도울 것인가 하는 문제가 결국에는 간병을 받는 사람이나 주위 사람 모두에게 중요한 문제로 작용하게 되는 것입니다.

친구의 예인데 병상에 누워 계신 어머니께 어버이 날 형제 모두가 꽃이나 선물을 드릴 때 어머니의 간병을 하고 있는 며느리에게도 시누이가 선물을 건네며 "어머니가 편안하게 지내실 수 있는 것은 전부 새언니 덕이에요, 언제나 감사합니다."라는 말을 한다고 합니다.

이런 주위 사람들의 마음 씀씀이도 간병하는 사람을 돕는 일 중 하나라는 사실을 알아두시기 바랍니다.

간병을 하게 되었을 때는?

　만약 당신이 맏며느리로 당신 집에서 시부모님을 모시기로 결정이 났다면 주위 사람들과 어떤 이야기를 나눌 필요가 있을까요?

　가장 처음으로 이야기를 나눠야 할 사람은 남편입니다. 남편도 '장남이니 당연히 내가 부모님을 모셔야 한다.'는 마음과 '아니, 아내와 자식들에게까지 고생을 시키고 싶지는 않다.'고 하는 마음의 갈등 때문에 고민을 하는 경우가 있기 때문입니다. 그 중에는 '부모님을 모시고 싶지만 몸이 약한 아내와 성인이 된 아이의 생활까지 바꿀 수는 없다.'며 남편인 자신이 회사를 그만두고 시골로 부모님을 모시러 내려가는 사람도 있을 정도입니다.

　가족의 운영이란 거래 관계가 개입해서는 성립되지 않

는 사업입니다. 당시에는 "우리들은 모실 여유가 없다."고 확실하게 말하고 다른 사람의 손에 간병을 맡겼던 사람이라도 마음껏 돌봐드리지 못했다면 부모님이 돌아가시고 난 뒤에야 뼈저리게 후회하는 사람도 있습니다.

반대로 간병 때문에 가족 모두가 무척 괴로워하던 시기도 있었지만 마지막까지 보살펴드린 사람은 기쁨과도 비슷한 만족감을 느끼게 되는 법입니다. 물론 어떻게 간병할 것인가 하는 문제는 부모님의 증상에 따라서도 전혀 달라지고, 가족 구성도 제각각이기 때문에 어떤 방법이 가장 좋은가는 한 마디로 말할 수 없습니다.

하지만 아들인 남편의 요구사항도 잘 들어보고, 아내인 자신은 물론 가족 전원이 납득할 수 있는 방법을 찾는 것이 무엇보다도 중요하다고 할 수 있습니다.

이제부터 남편과 주위 사람들의 도움을 얻기 위한 대화술에 대해서 생각해보도록 합시다.

일반적으로 간병은 장기간에 걸쳐서 행해야 하는 일입니다. 모든 일을 자기 혼자 짊어지면 곧 몸과 마음에 이상이 생길 것입니다.

하지만 몸의 이상이나 마음 속의 불만을 '내게는 내 인생이 있다. 근데 이게 뭐야. 이렇게 간병이나 하고……'라며 혼자서 중얼거리기만 한다면 남편의 이해도 도움도 얻을 수가 없습니다. 그보다는 '내 메시지'를 사용하여 남편에게 구체적으로 간병의 상황과 바라는 바를 전달해보도록 하십시오.

❶ 나는 (주어)

❷ 낮에는 간병인의 도움을 얻을 수 있지만, 밤에는 매일 어머님이 잠들기 전, 새벽 세 시, 아침에 일어났을 때 혼자서 기저귀를 갈고 있어요. 그리고 세끼 전부 따로 음식을 장만하고 식사 때도 늘 옆에서 돌보고 있어요. (상황)

❸ 며느리로서 당연히 해야 할 일이라고 생각하고 있지만 하루 종일 자신을 돌볼 시간이 없는 것도 사실이에요. (영향)

❹ 하지만 나도 때로는 자유롭게 나가서 친구들하고 차라도 마시고 싶어요. 잠깐이라도 좋으니 예쁜 옷도 입어보고 싶고 화장도 해보고 싶어요. 이대로 있으면 자신이 시들어버리는 것 같아서 견딜 수가 없을 것 같아요. (진심)

❺ 당신은 어떻게 생각해요? (질문)

❻ 제 얘기를 들어줘서 고마워요. 마음이 조금 가벼워진 것 같아요. (감사)

간병을 하고 있는 당신이 어떤 협력을 필요로 하는지 확실하게 전달할 수 있다면 "알았어. 이번에는 내가 휴가를 내서 어머니를 돌볼 테니 기분전환이라도 좀 하고 오도록 해." 라는 식으로 남편이 어떤 해결책을 제시해줄지도 모릅니다.

또한 "당신이 그렇게 힘들다면 한 달에 며칠은 동생보고 와서 좀 보라고 얘기합시다." 라며 남편이 형제들에게 도움의 필요성을 전달해주는 것도 좋은 방법이 될 것입니다.

마지막으로 간병을 받는 시부모님의 마음을 잘 이해해주는 것도 중요한 일입니다.

잔인한 얘기처럼 들릴지도 모르겠지만 간병을 받는 사람들이 자신을 돌봐주는 며느리에게 순수하게 감사의 마음을 느끼는가 하면 반드시 그렇지만도 않습니다.

잘 돌봐주고 있음에도 불구하고 "고맙다."는 말 한마디 하지 않는 것은 물론, 심할 때는 치매 때문에 "며느리가 밥을 제대로 주지 않는다.", "내게 욕을 했다."며 있지도 않은 사실을 아들이나 동네 사람들에게 이야기하고 다니는 경우도 있습니다.

그런 일이 계속되면 제아무리 며느리로서, 인간으로서

의 도리를 다하겠다고 결심했다 하더라도 당연히 간병을 계속할 힘이 솟아나지 않게 됩니다.

'이제 이 사람을 위해서 간병을 하는 것도 진절머리가 난다.'는 생각이 들 때는 한 번쯤 시부모님이 살아온 환경을 되돌아보면 좋을지도 모르겠습니다.

그러면 다음 면의 '성격 형성 과정'이라는 표를 보시기 바랍니다.

본인의 성격은 자신의 의지로 선택한 것 외에도 유전과 환경, 가족과 문화 등 여러 가지 영향에 의해서 만들어져 간다는 사실을 알 수 있습니다.

예를 들어서 시어머니가 엄격한 성격을 가진 사람이라면 어린 시절이나 젊은 시절을 보낸 환경은 어땠는지, 시어머니가 시집왔을 때 그 시어머니는 며느리를 어떻게 대했는가 등등을 알아보는 식입니다.

시어머니나 주위 사람들에게 이야기를 들어보고 '아, 그런 고생을 했기 때문에 시어머니는 엄격해질 수밖에 없었구나. 그 덕분에 남편이 교육도 받고 훌륭하게 성장할 수 있었구나.'라며 이해한다면, 이제 와서 좋아할 수는 없다 하더라도 인생의 선배로서 존경하는 마음은 품을 수 있게 될 것입니다.

자신에게 고통을 주는 상대인 시어머니의 마음을 이해하고 용서할 수 있는 마음을 갖게 된다면 틀림없이 간병하는 사람 자신의 마음도 편안해질 것입니다.

| 성격 형성 과정 |

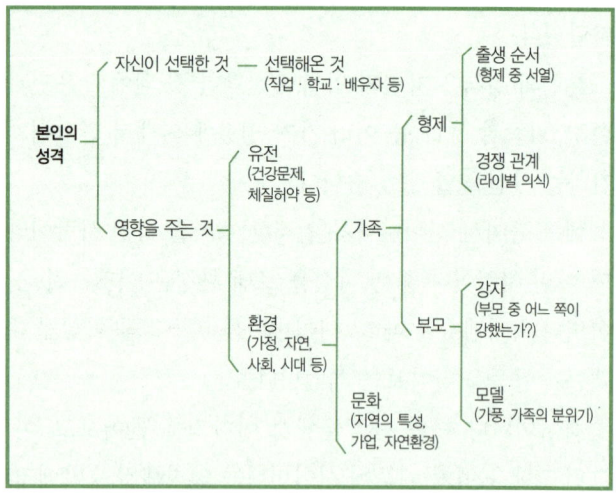

'좋은 인간 관계'를 만드는
마법의 대화술

　노년을 맞이한 남편과 아내, 시어머니와 며느리, 간병하는 사람과 받는 사람, 그리고 주위에서 도움을 주는 사람들, 이야기를 하거나 듣는 사람들의 대상은 다르지만 '좋은 인간 관계'를 만들기 위한 기본적인 대화법은 모두 똑같습니다. 무엇보다 중요한 것은 말을 하는 사람의 말 속에서 듣는 사람을 배려하는 마음을 느낄 수 있는가? 하는 점이기 때문입니다.

　여기서 '상대를 배려하는 화술', '역효과를 낳는 화술'을 조금 연습해보도록 하겠습니다. 다음에서 설명하는 대화술을 주의 깊게 살펴보시기 바랍니다. 앞에 있는 말이 배려하는 마음이 잘 전달되는 예이고 뒤에 있는 말이 역효과를 낳기 쉬운 예입니다.

"당신 덕분에 큰 도움을 얻었어요. ↔ 당신은 정말 유능해요."

앞의 말은 상대방의 노력이나 협력에 대해서 감사하고 있음에 반해서 뒤의 말은 상대방의 능력만을 인정하고 있습니다. 역시 칭찬을 할 때는 전인격적(全人格的)으로 칭찬하는 것이 중요합니다. 사람을 평가하는 듯한 말은 위로가 되지 않습니다. 시어머니가 며느리를 칭찬할 때 또는 간병을 직접 담당하고 있는 사람에게 노고의 말을 전할 때에는 앞의 말을 사용하도록 주의합시다.

"굉장히 노력했군." ↔ "좋은 결과를 얻었군."

결과가 좋든 나쁘든 간에 끊임없이 노력하는 것은 대단한 일이라는 사실을 인정하고 칭찬하는 것이 더 좋습니다. 특히 고령자의 투병은 물론이고 간병에서도 좋은 결과를 얻을 수 있는 경우가 그다지 많지 않습니다. 결과가 아닌 과정에 주목하고 있다는 사실을 전달해주도록 합시다.

> "이 부분을 아주 잘 했어." ↔ "전체적으로 좋은데 여기가 이상해."

예를 들어서 처음으로 음식을 만든 사람에게 "보기는 별로 좋지 않지만 맛은 좋아."라고 말을 하는 것과, "맛은 좋지만 보기가 별로 안 좋네."라고 말하는 것 중 어느 쪽이 만든 사람의 의욕을 불러일으킬 수 있을까요? 사람은 일반적으로 끝에 하는 말에 크게 비중을 두기 때문에 '끝을 좋게' 하는 것이 중요합니다. 특히 며느리의 경우에는 잘못한 것보다는 잘한 것에 주목해서 칭찬을 하면 시어머니로부터의 충고를 기쁜 마음으로 받아들이게 됩니다.

> "앞으로 어떻게 하면 좋겠어요?" ↔ "대체 왜 실수한 거죠?"

누구라도 실수는 하는 법입니다. 그럴 경우 실수를 받아들이고 적극적으로 생각하자고 제안하는 사람이 있다면 누구라도 마음 놓고 그 사람을 따를 수 있게 됩니다.

어떤 일이 제대로 풀리지 않았을 때는 누군가 한 사람에게 전부 책임을 전가하는 것이 아니라 모두가 함께 생각하여 다음 단계로 나아갈 수 있는 말을 하도록 합시다.

> "전보다 좋아졌는데." ↔ "저 사람보다는 당신이 낫네."

타인과 비교를 해서 칭찬을 한다면 다음에는 어떻게 될지 알 수가 없습니다. 타인이 더 잘하는 것처럼 보이면 이번에는 야단을 맞게 되는 걸까요? 칭찬을 할 때는 다른 사람과 비교를 하지 말고 본인의 성장을 보고 인정을 해주는 것이 중요합니다. 이것은 물리치료를 받고 있는 부모님에게 말을 걸 때도 중요한 포인트로 작용합니다.

> "당신은 어떻게 생각해요?" ↔ "이렇게 하는 게 좋아."

내 의견에 귀를 기울이는 사람과 본인의 의견만을 밀어붙이는 사람이 있다면 어느 사람과 상담을 하고 싶습니까? 비록 상대가 자신보다 나이가 어린 며느리라 하더라도 선과 악, 좋고 나쁨을 제멋대로 판단하여 강요하지 않도록 마음을 쓰는 것이 중요합니다. 그렇게 해야만 결과적으로 깊이 있는 의사소통을 할 수 있게 될 것입니다.

"소심하다기보다는 신중하군." ↔ "소심하군, 좀더 대범하게 생각하라고."

같은 의미를 가진 말이라 할지라도 긍정적인 말을 하는 편이 듣는 사람의 귀에 기분 좋게 들리는 법입니다.

상대방이 누구라 할지라도 가볍게 여기는 듯한 말을 삼가도록 합시다.

"나는 그런 방법을 좋아해요." ↔ "당신의 그 방법 아주 좋은데."

언제, 어디서나 '나는……' 이라고 말하는 '내 메세지'가 효과적입니다. 반대로 '당신의…….' '당신은……'이라고 말하는 '당신 메시지'는 상대방의 귀에 차갑게 들리거나 명령하고 있는 것처럼 들릴 우려가 있으니 주의하십시오.

"나는 당신의 의견이 옳다고 생각합니다." ↔ "당신의 의견은 옳아요."

상대의 의견이 옳든 그르든 그렇다고 생각하는 것은

'나'라는 사실을 잊지 맙시다. 그 사실을 잊고 단언하게 되면 상대를 불안하게 하거나 오히려 비꼬는 듯한 말로 들리게 되는 경우도 있습니다.

> **"의욕을 보여서 기뻐."** ↔ **"좀더 힘내."**

'질타격려(叱咤激勵)'의 '질타'란 말은 원래 큰소리로 야단을 친다는 의미입니다. '힘내라. 좀더 힘내라.'고 질타격려한다는 것은 상대를 커다란 소리로 야단치는 것과 같은 일입니다. 그렇지만 간병으로 지쳐 있는 사람이거나 열심히 노력하고 있는 며느리라면 어떨까요? 그런 질타에 대하여 '이 이상 어떻게 더 힘을 내라는 건가?'라며 의욕을 상실하게 되는 결과를 가져오게 될 것이 분명합니다. 그것보다는 상대방이 노력하고 있다는 사실을 기쁘게 생각한다는 마음을 자연스럽게 전달하는 것 은 어떨까요?

네 아들을 학자, 변호사, 의사, 사장으로 훌륭하게 키운 90세 된 어머니와 그 네 아들에 대한 이야기입니다.

어머니에 대한 간병이 필요해지자 이 형제들의 사이가 나빠져서 서로 으르렁거리게 되었습니다. 어머니는 장남 부부와 함께 살고 있었지만 며느리와는 오래 전부터 사이가 좋지 않았습니다. 시어머니는 며느리의 모든 행동이 마음에 들지 않았으며, 무엇 하나 좋은 점을 찾아내지 못한 채 그녀를 비난했습니다.

그래도 장남은 의무감과 자존심 때문에 어머니를 모시고 살고 있지만 일상생활에서 기쁨이라고는 없었습니다. 더구나 어머니가 다른 형제들만 편애하고 있다고 느끼게 되면서 며느리와 마찬가지로 마음을 굳게 닫아버리게 되었습니다.

그런 어머니를 간병하게 되었는데 오랜 기간에 걸쳐서 장남으로서 해야 할 일을 해왔으니 그대로 계속해서 간병하는 것이 현명하다고 생각하기는 했지만 간병까지 하면서 어머니를 모실 힘이 더 이상 남아 있질 않았습니다.

냉정하게 생각해본다면, 장남부부도 산골 벽지에서 자식들을 훌륭하게 길러주신 어머니께 감사하는 마음을 가지고 있기는 했겠지만 어머니에 대한 증오심이 그것 이상으로 컸던 것 같았습니다. 다른 형제들은 그런 장남 부부와 서로 으르렁거리고 있었습니다.

그러던 중에 셋째 며느리가 이대로는 안 되겠다고 느꼈는지 다른 며느리들의 생각을 직접 들어봐야겠다고 결심하고 실제로 둘째, 넷째 며느리와 만나서 각자의 생각을 들어보았습니다. 그리고 마지막으로 맏며느리의 생각을 이틀에 걸쳐서 들은 뒤 지금까지 노력해준 것에 감사하고 자신들이 부족했던 점을 사과했다고 합니다.

이 셋째 며느리는 자신이 맏며느리였다면 틀림없이 사태가 더욱 나빠졌을 것이라고 생각하고, 진심으로 상대의 마음 속으로 들어가서 그 마음을 살피는 듯한 기분으로 이야기를 들었다고 합니다.

이 일이 계기가 되어 네 형제의 가족들은 마음을 열고 어머니 문제에 대해서 서로 이야기를 나눌 수 있게 되었다고 합니다. 그 후, 어머니가 가까운 양로원에 들어가기를 희망했기 때문에 네 식구가 번갈아가면서 문병을 하기로 했다고 합니다.

셋째 며느리의 '남을 배려하는 말'이 모든 사람들의 마음을 감싸고 있던 검은 장막, 특히 맏며느리의 마음을 감싸고 있던 장막을 걷어내게 하는 계기를 만든 것이라고 생각합니다.

'좋은 친구'는 어떻게 만들지?

현재, 일본 여성의 평균수명이 85.23세로 세계에서 가장 높다는 사실은 앞서도 이야기했는데 일본 남성의 평균수명도 78.32세로 세계에서 두 번째입니다.

많은 사람들이 직장에서 나와 연금으로 생활하게 된 이후에도 여성의 경우에는 20년, 남성의 경우에는 13년 이상이라는 시간을 살아가야 하는 것입니다. 이 시간을 유익하게 보내기 위해서는 가족과 사이좋게 지내는 것 만으로는 조금 부족한 듯합니다. 역시 취미나 스포츠, 지역관계 등 무엇이든 좋으니 자신이 좋아하는 친구들을 찾아서 많은 사람들과 함께 즐겁게 생활하는 것이 가장 좋을 것입니다.

그런데 지금 자신에게는 친구라고 부를 만한 사람이 없

| 친구 체크표 |

취미	일	사회봉사
·	·	·
·	·	·
·	·	·

학교	자신	지역
·	·	·
·	·	·
·	·	·

부모	남편 · 아내	자녀
·	·	·
·	·	·
·	·	·

다거나, 직장을 떠난 뒤로는 친구도 줄어들었다고 생각하
시는 분이라면 '친구 체크표'를 보시기 바랍니다.

여기에 있는 취미, 일, 사회봉사, 학교, 자신, 지역, 부
모, 남편 · 아내, 자녀 등의 난에 예전에 관계를 맺고 있던
사람들 중에서 앞으로도 친구로서 관계를 맺어나갈 수 있
을 것 같은 사람들의 이름을 적어보시기 바랍니다.

나는 한 결혼식장에서 "제 주위에는 깊은 관계를 맺고
있는 사람들이 적어도 15명은 있습니다. 신랑, 신부께서
도 이 식장에서 그런 사람들을 헤아려보시기 바랍니다."

라는 내용의 말을 듣고 참으로 옳은 말이라고 생각한 적이 있었습니다. 결혼식에 부른 상대는 학교나 직장에서 크게 도움을 준 사람, 사이가 좋은 사람, 지금까지 살아오면서 깊은 관계를 맺은 사람들일 것입니다. 그런 사람들을 한 사람 한 사람 헤아려나간다면 틀림없이 열 손가락으로도 부족할 것이라고 느꼈습니다.

친구 체크표에 한 사람씩 이름을 적는 것만으로도 9명, 두 사람씩 적는다면 18명입니다. 지금부터 폭을 넓혀간다면 또 새로운 친구를 충분히 만들어 갈 수 있을 것이라고 생각합니다.

그런데 '좋은 친구'란 어떤 친구를 말하는 것일까요?

취미와 관련이 있는 친구이든 과거의 경험이나 지역 관계 때문에 만나게 된 친구이든 좋은 친구란, '모두가 서로를 긍정적으로 받아들이고 작은 일에도 기뻐하며 감사하는 사람들의 모임'이라고 생각합니다.

연령, 성별, 재산의 유무와는 관계없이 진심으로 즐겁게 기쁨을 나눌 수 있는 사람들의 모임이야말로 참으로 '좋은 친구'라고 말할 수 있을 것입니다. 그런 모임에는 반드시 '좋은 정보'가 들어오는 법이며, '좋은 대화'도 생겨나게 되고, '좋은 인간 관계'의 폭도 넓어지게 되는 법이기 때문입니다.

또한 '좋은 친구'의 조건 중 가장 중요한 것은 각자가 자립한 인간이어야 한다는 점입니다. 언제나 남에게 무엇인가를 받으려 하고 의지하려는 사람은 처음에는 친구로 받아 들이지만 점차로 다른 사람들의 부담이 되기 때문에 그 관계를 오래 지속하지 못합니다.

언제나 남들에게 도움을 주어야겠다고 생각하는 사람, 베푸는 마음을 가진 사람만이 '좋은 친구'의 중심이 될 수 있는 사람입니다. '좋은 친구'를 만들고 싶다면 자신이 먼저 무엇인가를 하십시오. 틀림없이 세계가 넓어질 것입니다

좋은 친구를 만들기 위한 힌트

　여러 사람들에게 말을 걸어보기도 하고 지역의 모임에 얼굴을 내밀어보기도 했지만 이 사람이다 싶은 게 없는 걸 보니 친구 만들기란 역시 쉽지 않다고 새삼스럽게 느끼셨던 분들도 계실지 모릅니다.

　애초부터 친구 만들기에는 이해 관계가 개입되지 않으며 강요할 수도 없습니다. 어떤 의미에서는 인간으로서의 자신의 도량과 매력을 시험해볼 수 있는 기회라고도 말할 수 있을 것입니다. 그곳에서는 지금까지 회사와 가족을 중심으로 살아왔던 것과는 다른 방식이 필요하며, 어떤 위치에 있는 사람과도 유연하게 접촉하지 않으면 따뜻한 교류는 이루어지지 않습니다.

　친구와의 커뮤니케이션 때문에 고민을 하게 되는 경우

에는 다음에 제시할 1에서 16까지의 항목 중에서 자신의 생각에 가깝다고 여겨지는 것을 체크하고 그 밑에 있는 해설을 읽어보시기 바랍니다.

1에서 16까지의 생각들은 한편으로는 아주 당연하다고 여겨지는 것들입니다 이들의 어디에 문제가 있는 것인지를 알면 '좋은 인간관계'를 구축하기 위한 새로운 힌트를 얻을 수 있을 것입니다. 지금까지의 선입관을 버리고 '좋은 친구'와 좋은 관계를 맺어나가시기 바랍니다.

❶ 지역의 리더나 회사의 상사 등 사회적 지위가 높은 사람은 존경을 해야 한다.

❷ 어린 아이나 직업이 없는 사람의 의견을 중시할 필요는 없다.

만약 당신의 지위가 높을 때는 당신 비위를 맞추던 사람이 퇴직 등으로 그 지위를 잃게 되자 상대도 하려들지 않는다면 당신은 어떻게 생각하겠습니까? 어떤 상황에 있는 사람에게나 존경심을 가지고 예절에 어긋나지 않도록 행동하는 사람이야말로 사람들로부터 가장 존경을 받는 사람이 되는 것 아닐까요?

❸ 어떤 실적을 남긴 사람은 신뢰하지만, 아직 미지수인 사람과 사귀는 것은 생각을 해보아야 한다.

❹ 내 주위에는 일을 맡길 만한 유능한 사람이 없다.

마치 금융기관이 돈을 빌려줄 때처럼 상대를 처음부터 불신이 가득한 시선으로 바라본다면 그 어떤 사람도 믿을 만한 가치가 없는 사람으로 보입니다.

사람과 사귀려면 먼저 상대를 믿고 그 사람의 행동 속에 있는 선의와 뛰어난 능력에 주목해보시기 바랍니다.

❺ 상대가 부탁하지 않아도 '이렇게 하는 것이 친절이다.' 라고 생각되면 실행하는 편이다.

❻ 아이들이나 아랫사람들이 하는 일은 불안하기 때문에 당연히 조언이나 도움을 주어야 한다.

'친절'과 '간섭'의 차이는 어디에 있을까요? 그것은 '상대가 그것을 바라는가?'에 있습니다. 제아무리 선의를 가지고 한 일이라도 상대가 그것을 바라지 않는다면 그 행동은 참견이나 간섭이 됩니다. 그 상대가 아랫사람 이라 하더라도 마찬가지입니다.

타인에게 협력해야겠다고 생각하고 있어도 제 마음대로 조언이나 도움을 주지 않도록 하는 것이 참된 친절이라고 할 수 있습니다. 그리고 상대가 부탁했을 때는 가능한 한 도움을 주는 것이 최선의 관계입니다.

❼ 어려운 상황에 처해 있는 사람을 보면 바로 도와주고 싶어진다.

❽ 어떤 불행을 겪고 있는 사람과 함께 울고 위로를 해주어야 한다.

조금 차가운 말처럼 들릴지도 모르겠지만 '저 사람 불쌍하다.'며 동정의 마음을 나타낼 때, 마음 한구석에서 '나는 저렇게 되지 않아서 다행이다.'라는 우월감을 느끼고 있지는 않으십니까? 안이한 동정심은 상대에게 아 무런 도움도 되지 않습니다. 그보다는 상대는 지금 어떤 상황에 놓여 있는가, 어떤 식으로 생각하고 있는가, 앞으로 어떻게 할 생각인가 등 대등한 입장에서 생각하고 도움을 주는 것이 중요합니다.

❾ 말로 하지 않아도 서로를 이해하는 것이 참된 우정, 애정이라

고 생각한다.

⑩ 최근 '이 정도는 상식이다.'라고 생각하는 것조차도 모르는 사람이 늘었다.

사람들은 '말하지 않아도 안다.', '눈으로 이야기한다.'는 식의 의사소통을 가장 이상적인 형태라고 생각하는 경향이 있습니다. 하지만 실제로는 아주 친한 사이라 할지라도 자신의 생각을 확실하게 이야기하지 않으면 상대에게 전달되지 않습니다.

또한 '나는 사람의 마음을 잘 헤아린다.'고 생각하는 사람은 상대에게도 '내 마음을 헤아려주기 바란다.'고 생각하기 쉽습니다. 그런데 그것이 뜻대로 되지 않으면 화를 내게 되는 것입니다. '친구에게 말하지 않아도 알아주기 바란다.'고 바라는 것은 이기심의 일종이라고 생각하고 그런 생각은 버리는 것이 현명한 행동입니다.

⑪ 어떤 일을 할 때는 모두가 함께 똑같은 일을 해야 한다고 생각한다.

⑫ 자신의 상황, 취향에 따라서 행동하는 것은 이기적인 행동이라고 생각한다.

'모두가 함께 똑같은 일을 한다.'는 것은 참된 의미의 평등이라고 말할 수 없습니다. 사람들 각자의 사정을 무시하는 것이기 때문입니다.

예를 든다면 사회봉사활동을 할 때처럼 사람들 각자가 자신이 할 수 있는 일을 책임감 있고 자유롭게 하는 것이 바람직한 관계라고 말할 수 있는 것 아닐까요? 각자의 개성을 존중하고 다른 사람들에게 피해를 주지 않는다면 자유를 인정하는 것이 바람직한 관계라고 말할 수 있을 것입니다.

> ⓭ 누가 뭐래도 옳은 것은 옳은 것이고, 그른 것은 그른 것이다.
> ⓮ 연륜과 경험이 있기 때문에 나의 사람을 보는 눈은 틀림이 없다.

제아무리 뛰어난 사람이라도 '내 생각과 가치관만이 옳다.'고 생각한다면 어떻겠습니까? 주위 사람들은 그를 멀리하려고만 하고 친해지려고 하지 않을 것입니다.

자신의 가치관은 절대적인 것이 아니라는 사실을 알고 그것을 강요하지 않는 사람, 자신의 가치관으로 타인을 판단하지 않는 사람이야말로 모든 사람들로부터 호감을 얻을 자격이 있는 사람이라고 말할 수 있습니다.

⓯ 하고 싶은 일이 있으면 경쟁을 해서라도 하는 성격이다.

⓰ '이렇게 하고 싶다.' 해도 반대할 것 같은 사람이 있으면 말하지 않는다.

15와 16은 완전히 반대되는 생각인 것처럼 보입니다. 하지만 타인에게 자신의 의견을 주장하는 방법이 서툴다는 면에서는 일치하고 있습니다. 자신의 의견을 주장 할 때, 공격적인 모습을 보이는 것도 반대로 소극적인 모습을 보이는 것도 좋은 방법이라고는 할 수 없기 때문 입니다.

자신의 의견을 주장할 때는 감정을 자제하고 냉정하게 주장하되 상대에게 상처를 주지 않도록 하는 마음도 잊지 않는 것이 중요합니다. 예를 들어서 "당신의 말도 일리가 있다고는 생각하지만, 사실은 이런 일이 있다. 따라서 나는 이렇게 해야 한다고 생각한다. 내 의견을 들어줘서 고맙다." 라는 식의 표현을 늘 염두에 두시는 것은 어떨지요?

꼭 '내 메시지'를 사용해보시고 그 효과를 맛보시기 바랍니다.

서로의 마음이 통하는 대화

어느 정도 나이가 들면 누구나 말을 자유롭게 사용할 수 있게는 되지만, 모두가 상대와 '서로의 마음이 통하는 대화'를 할 수 있게 되는 것은 아닙니다.

요즘은 전례를 찾아보기 힘들 정도로 언어가 범람하는 시대라고 생각되는데 한편으로는 서로의 마음이 통하는 대화를 하지 못해서 원만한 인간 관계를 구축하지 못하는 사람들도 놀랄 정도로 많습니다. 연극 대사를 외우는 것도 아닐 텐데 혼자 중얼거리며 거리를 걸어가는 사람의 모습도 자주 눈에 띕니다.

30년 가까이 카운슬링 현장에서 일하면서 일본사람들의 '이야기를 나누는 힘'이 급속하게 떨어지고 있다는 사실을 느낄 수 있었습니다. 특히 상대의 마음을 받아들이

는 힘, 자신의 마음을 확실하게 상대에게 전달하는 화술이 저하되고 있는 듯합니다

'남편에게 이야기해도 이해하지 못한다.', '아내에게 얘기해봐야 소용없는 일이다.', '더 이상 얘기를 해봐야 서로 통하지 않으니 헤어지는 편이 낫겠다.'는 등의 마치 울부짖음과도 같은 목소리를 자주 듣게 됩니다.

또한 사춘기를 맞이한 소년 소녀와 대화하다 보면 아무리 얘기해도 가족들이 이해해주지 않는다고 호소하는 경우가 많습니다.

어느 날, 열차에서 중년 여성들이 아주 즐겁게 이야기를 나누고 있는 모습을 보았습니다. 주위에 들릴 정도로 커다란 웃음소리가 계속해서 터져 나왔는데 가까이서 그 이야기를 듣고 있던 나까지도 함께 웃음을 터트리고 말았습니다.

부부나 가족 사이에서도 이렇게 즐거운 대화가 오가면 좋겠지만 실제로는 가까운 관계에 있을수록 뜻밖에도 이런 대화를 나누기가 힘들어집니다.

그것은 서로의 욕구를 노골적으로 주장하기 때문일지도 모릅니다. 혹은 요리만 보면 깨끗하고 먹음직스럽게 보이는 생선회도 그 전에 내장을 끄집어내는 모습을 보게

되면 먹는 즐거움이 사라져버리는 것처럼, 가까운 관계일수록 서로의 속내가 보이기 때문일 수도 있습니다.

'사람은 사람의 말을 먹고 자란다.'는 말이 있는 것처럼 일본 사람들은 옛날부터 말과 생각을 소중하게 여기며 서로의 관계를 구축해왔습니다. 그런 토대를 바탕으로 나라가 성립될 수 있었던 것이라고 생각합니다 그런데 지금 그렇게 우리들의 마음의 교류를 지탱해왔던 대화가 부부 사이에서, 가정에서, 지역사회에서 사라져가고있다는 불안감을 느끼고 있는 것은 혼자만의 생각은 아닌 듯합니다.

제2차 세계대전 이후, 경제적인 궁핍함에서는 벗어났지만 지금부터는 '말의 가난함, 대화의 빈곤'에서 벗어나 마음이 채워지는 대화로 부부가, 가족이 그리고 모든 인간 관계가 맺어질 수 있는 시대를 향해서 나아가야 한다고 생각합니다. 이 책이 거기에 조금이나마 도움을 줄 수 있다면 그보다 더 기쁜 일은 없을 것입니다.

마지막으로 이번에도 정열적으로 이 책의 출판을 도와주신 (주)코스모투원의 스기야마 씨, 야마사키 씨, 야마구치 씨에게 진심으로 감사의 말씀올리며, 전국 각지에서 성원해주신 모든 분들께도 감사의 말씀올립니다.

가족 대화법

초판 1쇄 인쇄 ∣ 2008년 11월 15일
초판 1쇄 발행 ∣ 2008년 11월 20일
초판 4쇄 발행 ∣ 2010년 07월 20일

지은이 ∣ 다카하시 아이코
옮긴이 ∣ 박현석
펴낸이 ∣ 임종관
펴낸곳 ∣ 미래북

주소 ∣ 서울특별시 용산구 효창동 5번지 421호
전화 ∣ (02) 738-1227
팩스 ∣ (02) 738-1228
이메일 ∣ miraebook@hotmail.com
신고번호 ∣ 제302-2003-00026호

ISBN 978-89-92289-16-0 03810

책값은 뒤표지에 있습니다.
잘못 만들어진 책은 바꾸어 드립니다.